ルーティーンズ

長嶋有

講談社

目次

装幀　グッドデザインカンパニー

ルーティーンズ

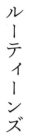

願いのコリブリ、ロレックス

願いのコリブリ

なにか物を盗まれたとき、盗まれた、とすぐに把握することができない。

駐輪スペースに止めてあった自転車がない。ないのは明らかなのに「フム」みたいな声をあげている。周囲を見回したりしつつ、いたって冷静で、つまり心はまだ「盗まれていない」。

焦りが生じてくるまでに――音楽の言葉でいうところの――ディレイがある。

私たちの住居を含む、このへん一帯の賃貸物件の住人たち共用の駐輪スペースで、私の自転車は片側の一番端、道路に面していた。つまり盗みやすい位置でなにより、鍵をかけていなかった。それでそこになかったら、夜中に盗まれたということだ。そこまで把握してなお、昨日、町の駐輪場に自転車を置いてバスで帰ってきたんだっけ、などと我が身を疑う。

鍵をしていなかったのだから、盗まれても仕方ない。自分が甘かった。周囲を見回し、自宅に引き返す。夫は歯を磨いているようだ。

「どうしたの」歯ブラシを動かしたまま、玄関に顔を出してきた。

「自転車盗まれた」

「うそ」聞けば夫の眉間にはただちに皺がより、深刻な表情になった。すぐに言葉を続けるためにか、口をゆすぎに洗面台に向かう（ちゃんと歯を全部磨ききったのだろうか）。

逆の立場なら、私もただちに深刻な声を発したろう。盗まれたと聞いた人には、ディレイが生じないようだ。即、盗まれたという事態を受け止めている。なくしたんじゃないの、とか勘違いでは、などと「疑ってみせる」ことはあるにせよ、それは一応の確認としてなされるのであって「はなから信じない」とか「狐につままれたような顔をする」ということはない。

「私、昨日さ、歩いて帰ってきてないよねえ」念のために確認をする。私の帰路を、夫が知るわけがないのだが。

俺が知るわけないじゃん、と夫は言わない。それが自明のことだからか、盗まれたと聞いてとりあえず私を気遣っているのか。

「どれが盗まれたの？」夫は口を拭って、すぐにまた戻ってきた。そうかと思う。

「私のやつ」我が家に自転車は三台あるのだった。娘の保育園送迎用の座席付きの電動自転車と、夫が乗っている電動と、私が長年乗り回していたプジョー。私は平和に生きてきたから、こんなにはっきりと盗難にあうのは初めてだ。

「もう生産中止なんだよ、あれ」やっと、めそめそした声が出る。プジョーへの思い入れは夫との長い付き合いの中で既に話したことはあるはずだったが、改めて吐露する。

「鍵はしてなかったの？」

「してなかった。あーもう、完全に私が悪いわ、ああもう」順調に（という把握はおかしいが）、盗られたことの悔しさや悔悟の気持ちがむくむくと育ってきた。一緒に何度か自転車で出掛けたとき、夫はいちいち太いチェーンを、周囲の柱やガードレールに巻き付けてダイアル錠を回しており、私はサボっていた。

「いや、悪いのは完全に盗んだ人だけどね」夫が（順調さに水を差すように）素早くそう言い放ったので、私は思わず彼をみた。シリアスな口調と裏腹に、服には歯磨き粉の白い跡がついていた。今の夫の言葉は、なんだか、最近よく聞くことに似ていた。

「レイプされたのは薄着で夜道を歩いてたから」とか「イジメは、いじめられる人にも問題がある」みたいな言説に対し、ぴしゃりと言い返すみたいだった。内容もだが「速さ」が似ていた。即、それを言う。なんだか、ＳＮＳっぽい。ＳＮＳでの言葉の応酬において研ぎ澄まされていく、即時性のある言葉。

「ありがとう」ここでは励ましと受け取って（実際、励まされもして）、家に入る。自転車がなくなったから、バスで出掛けるための準備をし直すというのもあったが、まずは落ち着きたかったのだ。入れ替わりで夫を見送る。

「警察に届けた方がいいよ」夫は靴を履き立ち上がった。

「うん、そうね」

「じゃ」私がクリスマスプレゼントとして贈ったばかりのスマートウォッチをかざし

——使っているよというアピールかもしれない——時刻をたしかめてから、夫は労《いたわ》りの表情を顔にたたえ、出て行った。背後のカーテンの向こうで、夫が自分の自転車を動かす音がかすかに聞こえ始める。家の近くに借りた仕事場に自転車で通っているのだ。

私は、やかんを火にかけてキッチンのスツールに腰を下ろした。朝刊をめくらずに、みえる範囲の見出しだけ少し読んだ。新聞をとるようになったのは最近の思い付きだ。忙しさにかまけてほとんどめくらずに捨ててしまう日もあるが、それが届いてめくれるということ自体に満足がある。SNSで出会うのと違う言葉を眺めたいのだ。

先の夫の言葉には感謝するとともに、意外さも感じていた。

「鍵をかけないから、そういうことになる」とたしなめなかったことが意外だったのだ。説教をするタイプと決めてかかっていたつもりでもなくて、夫以外の誰でも、こういうときにはそういうことを言いそうではないか。改めて、意外さをかみしめた。盗まれて打ちひしがれる者に追い打ちをかけることをしないものだとしても、責めない上に盗んだ相手を糾弾するのは、過ぎた厚遇というと変だが、落ち着かない気持ちだ。

私はほうじ茶の茶葉をどっさり急須に入れてお茶を淹れた。女が薄着で夜道を歩いてはいけないという用心は、本当はまるで必要ない。悪いのは一〇〇%、レイプする相手だ、という真理が誰彼の口から「言われる」ようになった。不用心を責める言葉に取って代わって。

でも、世界の実態は「取って代わって」ない。鍵をかけない自転車はときに盗まれる(し、ときにレイプされうる)。そういう実態を「言う」と、今は「訳知り顔に」と「叩かれる」気もする。言わないから誰からも叩かれないのだが。私はなぜ今、居心地が悪いのかが分からなかった。私は「鍵をかけないからだ」と責められたかったのだろうか。私は。

愛車を盗まれたくなかった。とにかく、私の愛車は盗まれた。なんてこった。

茶葉が開くまでに少し泣いた。PEUGEOTのロゴが車体に目立つ大きさで入った、コリブリという小型車の、限定版のホワイト。「半折り畳み」という特殊な自転車で、とにかく驚くほど軽かった。かつてはエレベーターのない四階建ての四階に住んでいて、わざわざ四階まで女手一つで持ち上げていたが、さして苦にならなかった。そのときは共通の駐輪場に置かないことが防犯対策でもあった（だから、鍵をかける癖がつかなかったのだともいえる）。

十年以上前、当時の四階建ての近所の自転車屋で出会った。今日みたいに寒い日だった。そういえば、私は自転車屋が好きだ。

「自転車が好き」なわけではないから、一度自転車を買うともう、行くことはない。だから次に自転車屋に入るまでそこを好きだということを忘れていて、その都度自覚しなおすことになる。

天井から自転車のフレームが吊られているのをかっこいいと思う。タイヤの取り付けられていない、きらめく胴体だけが暗い店内で吊るされて、なにかを待っている。どの自転車屋も古本屋みたいに暗いのは、古書店同様に商品の日焼けを避けているのか。白いコリブリも、出会ったとき吊るされていた。

今の今まで忘れていたが、私はコリブリにもだが、その自転車屋の男にも一日惚れしていた。当時の私の懐事情ではかなり高価な自転車だったが、買う、買う、これ買うと胸の鼓動を速めながら、その場では買わず「また来ます」と告げ、努めてそっけなく外に出たのだ。恋の駆け引きをするように。

あれは、あの恋情はなんだったんだ。薄暗い売り場で寡黙に作業する男の、手にしたレンチとか黒い油に汚れたエプロンとか、そういう「コスプレ」的なことに惹かれたのかもしれない。

自転車を買う以外に、男に対してなんの手管も持たない。二度目の訪問で、吊られた自転車を下ろしてもらった。慣れた手つきでタイヤが取り付けられる。サドルは、小型車には似つかわしくない競技用のもので、より初心者向けのサドルへの取り換えを勧められた。

「大丈夫です」と強がって、そこらへんを一周してみて、尾てい骨が痛くなって、戻ってくるなり——ブレーキをかける勢いのまま——「換えてください」と訴えた。

寡黙な背の高い男は、それでも少し——ほうらね、というような——親し気な様子を示した（気がした）。

「大事にしてください」

「はい」交わした会話はそれっきり。それでも、一目惚れが半分叶ったような不思議な充実をもってコリブリを出迎えた。その後、男にアプローチすることはなかった。

大事にしてくださいと言ったな、あの人。長く乗ったけど、大事にできなかった。

それからいろいろあり、夫と結婚することになり、今の街に移り住むころにはもうコリブリはすっかりボロくなっていた。さらに、娘の保育園送迎用に二人で乗る、チャイルドシート付きの電動自転車を買ってから、そちらを常用するようになり、放っておかれがちだった（鍵をかけるのもサボった）。

少し前、近所の自転車屋にパンクしたタイヤの交換に行った際にはコリブリは既に生産中止になっており、店員たちにも珍しがられた。

「これ、まだ乗っててんですか」みたいに。尊敬されているのかと思ったら

「もう代替部品もないですし……あー、この、劣化している、折りたたみの蝶番《ちょうつがい》部分がイカれたらこれ、とても危険ですよ」心配されていて、忠告された。素人の私がみた限り、危険かどうかは分からなかったが

「うわあ、これは……」と、奥から来た別の店員も、自転車のどこかをみて声をあげていた。無論、蝶番部分をみていたのだろうが、そうでなく、なにかそこにない、物品でもない、運命をみて声をあげたような感じを抱いた。

乗り換えをその場で勧められたが、そのとき私はタイヤ交換だけして、買い替えな

かった。普段から鍵はかけないし、ぴかぴかに磨くことも手入れすることもなく、決して愛着が強かったわけではない。危険だという警告を信じなかったわけでもないのだが。なんだか嫌だったのだ。

急須からマグカップにお茶を注ぎ、ゆっくりと飲み、私はここに至って初めてあれを盗んだ者に思いをはせた。走行中に不意にハンドルの根が外れてしまう可能性を、私のコリブリを盗んだ者はもちろん知らない。

ぶっ壊れて事故にあってしまえ、などとは思わなかった。ただただ、車通りの激しい国道を、高速走行中のコリブリのハンドルが突然外れてしまう場面が何度か脳裏を巡った。

お茶を飲み終え、ブーンと音をたてて湊をかんだ。スマートフォンでSNSをチェックしてから［自転車　盗難時］で検索をかけてあれこれ読み、自室に入る。ちょうど夫からメッセージを着信する。

［自転車の画像を印刷して、警察に持っていくといいんじゃない？］なるほどね。

仕事部屋のプリンターを起動させ、私のと同型同色のコリブリの画像を探し出し、印刷する。クローゼットにしまいこんだ保証書の束を探り、自転車の登録証を探した

（私は物持ちがいいのだ）。書類の束の脇に、ＰＥＵＧＥＯＴのロゴの記された紙箱をみつける。おや、これはなんだっけ。小さめの靴箱みたいだ。開けてみるとサドルが出てきた。「取り換えた方がいい」と店員がいった小さな白い、オリジナルのサドル。店員に「これどうしますか？」と訊ねられて、引き取ったんだったか。いつか取り換える可能性を考えて。

そんな未来は訪れず、本体と切り離され、すぐに忘れられ、やがて本体は盗まれこれだけ残った。むざんだ。三角状の、滑らかな曲線を描くサドルを取り出して眺める。堅牢で、見た目ほど重すぎず、顔の長い哺乳類の頭骨のようだった。立派だがもうなんの役にも立たない、ますます骨をみているみたいだ。箱に戻し、書類の束に取り掛かる。自転車の保証書は束の底の方で、かなり昔の購入だと分かる。あの男は今もそこで自転車を売っているだろうか。背の高い男であること以外、少しも思い出せないな。

交番への出がけに、お向かいの細川さんちの奥さんと遭遇する。細川さんはこのへんに長く暮らしている老（と決めつけていいのだろうか、みた感じ六十代くらいの）

夫婦だ。ちょうど愛犬の散歩に出てきたようだ。

「あ、コロネちゃん、コロネちゃーん！」軽薄な感じで呼びかけると、小型犬のコロネもよちよちとリードの伸びるに任せて近づいてきてくれた。もうすっかり老犬でと教わったことがあるが、それなのになのか、だからこそなのか、日に何度も散歩させている気がする。あるとき、夜遅くに夫とビールを買いに出たら、濃い霧の中を小型犬連れで悠然と去る細川さんの奥さんをみかけ、霧の中にまぎれていく背中に夫は「ミステーリアスガール」と小声で口ずさんだ。

「なんだっけ、その歌」

「『キャッツ・アイ』」私はそのときは噴き出したが、細川さんちの奥さんはたしかに細身で小柄で、女盗賊のレオタード姿も似合いそう。そうだ、自転車盗まれたんですよ、言いかけて、寸前でやめた。

「じゃあね、コロネちゃん」軽く手をふり、こっくりとした会釈を交わし、別れる。

そうだ、じゃない。軽い話じゃ全然なかった。近隣の治安について、徒《いたずら》に不安をあおることになるんじゃないか。いや、盗難があったんだから、注意を喚起したほうがいいんじゃないか。どっちだ。被害者の当事者意識がまるで生じていないなと思いながら駅に向かう。

駅前の交番で盗難届を出したいと告げる。私よりも明らかに若い警官が、事務的な態度で私に質問を繰り返し、用紙に記入を始めた。対面でみせられた地図の、駐輪場の位置を指さして、あらかじめメモしてきた防犯登録ナンバーを告げた。

「このへん、最近多いんですよね」というような情報があれば――おすそ分けではないが――細川さんの耳に入れてもいいと思っていたが、警官はなんの感情もみせず、寡黙なままだ。「おのれ、市民の大事な足を奪うにっくき卑劣漢め、必ずやタイホしてみせます」と熱く両手を握ってもらえるなどと思っていたわけではないが、印刷してきた自転車の画像も一瞥をくれただけで受け取ろうとしない。防犯登録のナンバーだけが発見の鍵ということらしい。

「何年の購入ですか?」私が年月を告げると、「被害金額」の欄に「五千円」と書いた。ショックだった。

交番の隣でコーヒー豆を買おうと思っていたのに、忘れて帰ってきてしまった。ブランドも、製造中止になっていることも、考慮されないのは仕方ない。丁寧にメンテナンスしていたわけでもない。五千円は妥当な額だろう。

でも、あんた、みもしないでさ。みられないんだが。私はふてくされた気持ちで自室に戻った。夜はもうレトルトカレーと決めながらパソコンを起動すると、私が乗っていたのではないが同型の、白いコリブリが大きく画面に映し出された。私は私ではなくコリブリが哀れに思えて、また鼻をぐずつかせた。

三日後の朝、後部座席に不機嫌な娘を乗せた夫の電動自転車が保育園に向かうのを見送り、朝刊をとって戻ろうというタイミングで、向かいから細川さんちの旦那さんが出てきた。

「今日は、剪定で少しうるさくしますんで、音、迷惑かけちゃいますがすみません」事前に謝罪を受ける。ちょうど道沿いにハイエースが停車し、庭に脚立が運び込まれようとしていた。

「あ、大丈夫ですよ、ぜんぜん」どのみち今日は喫茶店で仕事をするつもりだった。

私たちの住居は十字路に面している。一軒家にみえるが、道路に面した二面それぞれに扉があり、実際には二世帯が住む賃貸だ。お向かいの細川さんは大邸宅というわけでもないが、立派な庭を持っており、庭木も年に何度か、きちんと剪定している。

「じゃあどうも」柔和な旦那さんには少しも謎めいた盗賊感はない（奥さんにだって、本当は大してないんだが）。きっとあとで、木になり過ぎた柚子をくれるんじゃないか。あ、自転車の盗難について、なんだかまた言いそびれたな。

娘でなく爆弾を一個預け終えてきたみたいな、やれやれ顔で夫が戻ってきた。自分でトーストを焼き出した。

「今日はバンドだっけ？」

「うん、夜ね」夫は近所のドラム教室に通って二年になる。若いときにギターにもベースにもピアノにも挫折してきたから、いっそ全部挫折してやろうと思って、と変な予防線をはって習い始めたが、独学でなく先生に習うのがよかったのか、今もなお続いているらしい。らしいというのは、腕前を披露してもらったことがまだないからだ（あるとき、どんなの叩いてんのと譜面をみせてもらったらOfficial髭男dismだった）。

趣味のバンドを結成し、ついに先月からスタジオで仲間と遊ぶようになったので、さすがにそろそろ腕前を披露してもらえるだろう。

「今日はスタジオに大山田君が遊びにくるかもって」

「へえ」私の相槌は平坦なそれにそぐわない、不自然な大声になったが夫は意に介さなかった。大山田君は夫の後輩で、その奥さんの久美は私の後輩だ。つまり我々は二人の出会いのきっかけになっている。

「元気かね」どうでもいい、天気でも尋ねるみたいなことをいい、夫もそうねえなどと答えながら、帰りの遅くなることを強調し、出かけて行った。

久美は大山田君に愛想を尽かして、離婚を考えている。最近やたらとピロンピロン鳴るスマートフォンの着信は、だいたい久美からの相談だった。今もメッセージが一つ。もう別居しているらしい。大山田君がいかに愚鈍で、気が利かず、魅力を感じられなくなったかということが、よく整理された文面で連投されていた。

大山田君はバンド練習を見学にくる体で、夫に泣きつくつもりなんじゃなかろうか。ということはつまり、帰りはかなり遅くなるんじゃないか。

大山田君に対する久美の心変わりは、流行りの（という把握はおかしいが）DVをしたとか、過剰な嫉妬、束縛、執着を発揮するとか、働かずに引きこもるとか、浮気したとか、そういうネガティブさが原因ではない。「一緒にいてこんなに面白みがない人間だとは思わなかった」というのが大筋の理由で、その他の欠点も「気が利かない」とか「私服がダサい」といったもので、端的にいうと久美が結婚相手に「飽きた」という感じなのだった。

「そんな男、別れちゃいなよ」といった、こういう際の「定番」の言葉を自信を持って放てる事案ではない。私は大山田君においに同情したし、それでいながら、なんだかワクワクしていた。私より若い久美の、旺盛なエナジーの発露に対して、だ。今夜、夫はなにか大山田君から新情報を得てこないだろうか？

玄関の開く音がして、驚く必要は少しもないのに私はびくつき、慌ててスマートフォンを卓に戻した。

「ドラムスティック忘れた」いけね、いけねと小走りで忘れ物を取るや、夫は再び出かけて行った。まだもう一度くらい、なにか忘れ物がありそうだ。久美への返信を考えつつ身構えていたら、しばらくして呼び鈴が鳴った。

ほらね。いや、違う。呼び鈴が鳴るなら、忘れ物の夫じゃない。玄関には細川さんの旦那さんが立っていて、ビニールいっぱいの柚子をくれた。

「娘が喜びます」受け取るときにさりげなく旦那さんの腕をみる。旦那さんの時計、ロレックスだ。やっぱり！　少し前に旦那さん、腕時計を新調した気がしていたんだ。よっ、御大尽（と、直には言わない）。丁重に会釈をして見送る。

私より若い久美もなにやら旺盛で、年長の細川さんも旺盛に生きておるな。見習わないと。私は高価な腕時計をちらっとみただけで少し元気を得た。出かける支度をする。そのうち、私もいい自転車を買おう。新しい自転車を。


三日後の昼に荷物を受け取る。年の瀬になると必ず、大山田君のご両親が蜜柑を送って寄越す。いまどき、仲人なんてものは結婚において誰も重視しないし、我々もシャレのような気持ちで式に列席したのだが、ご両親にとっては永遠に「仲人」であるらしい。

段ボール箱はガムテープではなく、浅いワの字形の金属の留め具が打ち込まれていた。そんな荷物、年に一度のこの蜜柑でしかもらわない。開梱し、留め具を娘が拾って遊ばないよう、すぐに燃えないごみ入れに入れる。

箱詰めされた、見事なみかん色の（そりゃそうだが）蜜柑を見下ろした。もらっていいのかなと思う。だってもう、久美の気持ちは冷めきっている。離婚は時間の問題だろう。

二人が離婚したら、蜜柑の発送も止まるだろうか。機械の歯車を抜き取ったら、遠くで作動が止まるように律儀に。それとも「感謝」は変わらないだろうか。離婚せず、別居をうやむやにして知らせない限り、蜜柑は届き続ける。それは歯車が抜けていないということになるんだろうか。洗濯機が止まりブザーが鳴った。

私は洗濯物を干し、一応、夫に確認のメールをしてからビニール袋に蜜柑を数個入れ、家を出た。江戸の敵を長崎で討つ、ではないが、柑橘系のお礼を柑橘系で返す。それこそ、歯車が回って自動的にそう動いたみたいに私は細川さんちの呼び鈴を鳴らし、柚子のお返しを手渡した。

新しい自転車はなかなかよいのがみつからなかった。十年以上前のような一目惚れを——男性との出会いはともかくとして——期待して何店舗か出向いたのだが、どれにもときめかなかった。

コリブリのような、素敵なデザインの自転車が作られなくなったんだろうか。夫はそうだねえとビールを呑んだ。二階の寝室に設置した暗視カメラのモニターの、電池を取り換えて卓上に据えて、私もビールを呑む。画面の中の娘が夜泣きしたら、どちらかがあやしにいく。

「自転車は知らないけど、自動車はそうだよね。空力ばかり考えて、同じ顔のクルマばっかりになった。九〇年代にパイクカーをいくつか手掛けた日産のデザイナーも、もうそんな予算も出ないしゴーサインが出ないって、インタビューで言ってた」

「それか、私の方のセンスが衰えたか」

「衰えたっていうか、満ちたんじゃない？」

「なにが」

「『いい自転車が欲しい』って気持ちが」

「ふむ」

「ヒゲダンとかさ、ドラムで叩くと『いい曲だ』って思うんだよ」

「ヒゲダン、あぁ」夫が発した略称は、少しも今人気のバンドの姿を彷彿とさせない。

「でも別にファンにならない。自分が聴いてきたバンドの曲でいいやって思っちゃう……」

ならば、私の自転車はコリブリで満ちたのか。警察から電話がかかってくることを、そういえば私は少しも期待していない。新しい自転車にときめくことができずにいるが、前のが恋しくてまた出会いたいわけでもないのらしい。

「それは、今の若い人の音楽を否定するのとも違って、その部分はもう満ちてしまったっていうか……」そのときモニターの中で娘の布団がもぞもぞと動いたので、会話を中断し画面を注視する。起きない。二人でほっとする。

「えっと、なに喋ってたんだっけ」夫は宙をみあげた。「満ちた」ことの話だったよと補おうとしたが、言いたいことは伝わったからいいかと自分で納得し、ビールを呑み終える。もう少し、と夫のビール缶を持ち上げたが空だったので諦め、立ち上がり風呂場に向かった。


結局、新しい自転車を買ったのは年が明けてからだ。いつも娘を送迎するママチャリ型の電動自転車で、電動の頼もしさを知ったし、慣れてもいたから、今度買うのも電動の、もう少し気軽に乗れるものに決めた。そう決めたら選択肢も減って、ネットで見当をつけて買いにいった。

チャイルドシートの据え付けられた電動のママチャリは、乗せる子供の安全と安定を考慮した結果、最近の自動車と同様どれも似た形であり、だが少しもダサいなどと思わないどころか、その堅牢さに対し尊敬に似た気持ちを抱く。

特に前と後ろ、二人の子供を乗せた電動ママチャリと行き違う時、「ママ（やパパ）」はもちろん、行き過ぎるその総体に対し、無条件で敬意が湧き上がるようになった。あれは、育児のあらゆる修羅と困難を跳ね返すためのパワーと頑丈さで武装した塊が前進しているのだ。

少しも薄暗くない、明るい大きな家電量販店の自転車売り場で、無難なものを選んだ。「満ちた」という気持ちで売り場をみると、どの自転車も素敵といえば素敵だった。盗まれる前から、私はもう、コリブリに乗り終えていたのだ。

それでも少し、コリブリに似た細身の白い自転車を選んだのだが、店員は注意点を挙げた。

電動自転車は常に三速のまま乗り続ける人が多いが、それではモーターに負荷をかける。二速で漕ぎ始めて、速度が十分に上がってから三速にあげてほしい。

「あげてほしい」と店員はたしかにいった。「あげるのが望ましい」ではない。私は店員の顔をみた。手にレンチも持ってない、汚れたエプロンもしていない、家電品を売る人みたいな風体だったが、注意点はしっかりと専門的だったし、なにかの熱を感じさせた。そのあとに続いた、タイヤの空気の入れ方についても、ギアの切り替えのタイミングのことも、生き物の飼い方を説明しているようだった。特に自転車が大好きなマニアという風でもない、淡々とした口調でありながら、その説明はこちらを立ち止まらせる。

私は「願い」を聞いている。不思議だな。顔も思い出せない、コリブリを売ってくれた男をまた、思い出す。「大事にしてください」と男はいった。

パンクしたタイヤを交換したときに乗り換えを勧めてきた店員たちも、その方が自分らが儲かるからというようではない、なにかを願う気配があった。

魚屋で魚を買う時、この魚は煮付けにしてほしいとか、言われたことはない。煮付けを勧められたことはあっても。

私はかつて願いに乗っていて、またこうして願いに乗る。

「分かりました」クレジットカードを出しながら、私は改まって請け合ってみせた。鍵こそかけるだろうが、どうせまた、雑に扱っていくだろうと分かってもいたのだが。

納車まで二週間かかるというので支払いだけすませ、徒歩で出てきたのだが、私は潑溂としていた。ぜんぜん関係のないことを不意に思いつき、夫にメッセージを送った。［今度、大山田君と呑んであげてよ］と。もちろん私は近々久美と呑むつもりだ。

願いのロレックス

ロレックスの時計をみたい。

という願いは、もともとは自分の抱いたものではない。

ロレックスが欲しいのでもない。今、自分の腕に巻かれているのもロレックスではない。妻がクリスマスにくれたばかりのスマートウォッチだ。腕を傾けると、寝ていたのが目を覚ましたみたいに文字盤が表示された。23:45とある。バンドの練習が終わったのが二十三時。それから外廊下で三十分くらい「ダべって」いたことになる。

もう、車の行き来などほとんどない時間帯だが、赤信号で自転車を停めた。もう一度腕を傾けてみる。顔の方に向いたあたりで文字盤が表示された。そんな機能があることを今知った。

もうすぐ日付が変わる。

はじめに「ロレックスの時計をみたい」と訴えたのは、昔交際していた女だった。もう十年以上前の、今日みたいに寒い日の、ちょうど日付の変わるころだ。

聞いたときまず、ロレックスがほしいという「おねだり」のように受け取ってしまい、ん、と受け止め直した。その日、女と俺はピザを食べていた。ベッドから降り下着を身に付け、テーブルの上に残ったピザに手を伸ばした。

「『ロレックスの時計がほしい』ではなくて？」尋ねて、ピザを口に運んだ。ピザはすでに冷めており、先端のチーズは垂れ落ちそうな形を保ったまま口元まで届いた。ビールが残っているかと缶を持ち上げたが、空だった。

「うん、欲しくない。みたいだけ」たしかに、女はロレックスの時計なんかを欲しがるタイプには思えなかった。

「ほんなの……」口中のピザをもう少し咀嚼し、あらかた飲んでから続ける。

「そんなの、ロレックス屋さんにいけばいくらでもみられるじゃん」冷めたピザを食べるとき、亡くなった小渕首相のことを思い出したが、女にはいわなかった。

「『ロレックス屋さん』」女は笑ったが、ロレックス専門店というのが、実際にある（みたことはないが）。高級時計ばかり売る店でも、なんなら質屋でも、いくらでもみられるだろう。

そうだけど、そうでなくて、ロレックスの腕時計の、日付が変わるところをみたいのだと女はいったのだった。曰く「ロレックスの日付表示は二十三時五十九分五十九秒までその日の日付で、○時○分○秒を指した瞬間、パチン、と日付が切り替わる」のだそうだ。パチン、のところで女はわずかに溜めを作った。

「そうなんだ。え、待てよ」俺は戸惑った。このとき腕時計はしていなかった。携帯電話がケータイと片仮名で呼ばれるようになり——つまりすっかり定着して——多くの人が腕時計をしなくなっていた時期だ。

「そもそも腕時計の日付って、そう変わるんじゃないの？」

「違うよ。みたことないの？」女は逆に俺に問いながら衣服を身に付け、箱の中のピザの最後の一切れを皿に載せ、キッチンまで歩いて行った。

「『冷めたピザなら、レンジで温めればいいじゃなーい』」と——それが「引用」であると示すためだろう——わざとらしい尊大さで歌うようにいい、レンジに皿を入れた。あ、なんだ、知ってたんだ、と思った。

「小渕首相は、そんな言い方してない」抑揚を訂正した。

「言ったよ。外国の人に『冷めたピザみたいな政権だ』って言われて、言い返したの」

「そうだけど、そんなマリー・アントワネットみたいな言い方じゃない」レンジがチンと音を立てる。女が冷蔵庫を開けたので、ついでにビールを所望した。

……いや、マリー・アントワネットがどんな抑揚でそう言ったかだって、本当には分からないじゃないか。妙に克明に思い出されたやり取りの中の自分に、十年以上経った今、ツッコミを入れる。

信号が青になった。自転車を漕ぎ始める。電動自転車のかすかなモーター音を聞きながら住宅街を寡黙に漕ぐうち、女とピザとがまた脳裏に戻ってきた。暖房はホットカーペットとエアコンで十分で、窓は盛大に結露していた。白いiPodを割と大きなオーディオに接続し、音楽をシャッフル再生していた。

この世のほとんどのアナログ腕時計の日付部分は、パチンとは切り替わらないのだと女はいった。

「二十三時四十五分ごろから〇時十五分くらいにかけて、緩慢に動いていくの」機械の動作について男性の自分よりも女性が精通していることが、ちょっと面白く感じられた。

「へえ。ロレックスだけなの？　その、日付の変更に厳密な時計は」

「知らない。他にもあるのかもしれないけど。とにかく、ロレックスはそう」

「なんで、『みたことがない』のに知ってるの」

「ほんなこと」と女は言葉を切った。ピザを嚥下してから続けた。

「そんなこと、たくさんあるでしょう。みたことないのに知ってることなんて」

「まあね」とかなんとか言って、別の話題になった。

そこからは覚えていない。とにかく、女がそれをみたいといったことだけ印象に残っている。

彼女に限らず、女たちはなにかをみたがる。女が「みたい」類の「願い」を語るとき、もう目の前にそれがみえているかのように、かすかにだが瞳がうるむ。オーロラだとか、人気俳優同士の共演というような、いかにもみる甲斐ありげなものでなくてもだ。

一般的なクオーツ腕時計の文字盤の、3時の位置には日付表示がある（ものがある）。女とやり取りしてすぐではない、別れた少し後で、俺はその日付が変わる様子を目撃した。

女の説明通り、日付の表示は、〇時十五分前くらいから緩慢に動き出し、〇時ジャストには、二つの日付の間を表示させている（白目をむいているという形容が近い）。十五分くらい経ったころにやっと、新たな日付を指し終える。腕時計の内部には、長針と短針と秒針を動かすのとは別に、1から31まで記された（腕時計の盤面よりもさらに）小さな円盤があり、二十四時間のうちのある数十分だけ、わずかに（三六〇度を三十一で割った度数で）回転する仕組みが備わっている。

なるほどねと了解して、それきりだ。「またいつかみよう」などと思ったりしなかった。日付を表示するアナログの腕時計を買ったのもその一つきりだ。日付表示の機能のついた腕時計は面倒だ。小の月ごとに、日付がずれてしまうのを戻す作業を強いられる。面倒で、直さなくなった。日付がずれていても、別に困ることはない。

とにかく、それはそれとして、俺の心に一つの気持ちが残った。

ロレックスの文字盤の日付が二十三時五十九分五十九秒から〇時に変わる瞬間に切

り替わるのをみたいという。

聞いたときには、それを言った人の願いだったのが、聞いてからは自分の願いになるということがある。願いを言った人が去っても、聞いた側にも願いが残る。

人の、願いが増える。

普通は、願い（なにかの考え方や主張）を広めたい人がいて「啓蒙」する。それに共感した者は「賛同者」となるわけだが、ロレックスについては啓蒙を受けたわけではないし、なんというんだろうか、自然に願いが分裂して、生物的に増えたような、妙な感触がある。

そもそも、願いが強烈なわけではない。なぜそれを見たいか、説明もつかない。たしかに、パチン、と切り替わるのは小気味よいだろうが、それだけだ。

むしろクオーツ時計の緩慢な数字の変化の方が奥深く比喩的だとさえ言える。いつからが次の日なのか、実際にその瞬間になっても文字盤は曖昧で、長針や短針のように指し示すことができない。その方が、なにやら示唆に富んでいる。

でも、それをみたとき示唆に富んでいるなどと思わなかった。それどころか、なんだつまらないとさえ。ロレックスのやり方の方が正しいし、美しい。パチン、と切り替わるのを、なにかの折にみられるなら、みてみたい。少なくとも、願いが心から消えてはいない。さっきのように腕時計をみて、たまたまもうすぐ〇時になるというときに、思い出す。女との交際について、他に思い出すことなどない。たしかに好意を持って、一頃とはいえ深く付き合っていたのに「思い」はなくなって（くだらない）願いだけがある。変だな。

それにしても十年以上前、俺は愚かなことを言ったものだ。「ロレックス屋さんでみたら」などと。できるわけがない。店頭で腕時計の日付の変わる瞬間を「みる」ためには、そこが二十三時五十九分まで開店しているロレックス屋でなければならない。それもまた（時計の内部に施されているのと同様の）「仕組み」のように思える。「ただいま」玄関を開け、声をかける。娘はさすがに寝付いているだろう。妻は寝かしつけに苦戦しただろうか。労りの言葉を考えながら靴を脱ぐ。玄関脇にふくらんだビニール袋が置かれ、柚子がどっさり入っているのがみえた。

居間でテレビをみていた妻に「どうだった」と寝かしつけのことを尋ねたが、「おかえり、どうだった」こちらを向いた妻は同じ言葉を言った。妻の目の前には極小のモニターが置かれている。白黒映像で寝室の様子が映っており、それが静かだということは、娘は無事に寝ているということだ。

「叩いたよ」コートを脱ぎながら、わざと張り合いのない返事をする。五十歳近くなって今さらドラムなど習い始め、趣味で友達とスタジオで演奏するようにさえなったが、まだ彼女に腕前を披露したことはない。ドラムはギターなどと違って気軽に弾いてみせることができないのだ。

「叩いたか」妻は返事に満足、というか、興味も薄かったようで、テレビを見続けた。機嫌が悪いのだろうかと気配をうかがうが、そういうわけでもないようだ。機嫌が悪いかどうか尋ねることで機嫌が悪くなることがあるから、絶対に確認はしない。

「あ、今日は大山田君が来たよ、見学してった」

「来たんだ。二人で？」

「いや、彼だけ」俺の後輩ライターの大山田君の、奥さんは妻の友人だ。二人で結婚式に出たのは四年くらい前のことだ。

「そうだ。お向かいの細川さんから柚子もらったよ」

「ああ、あれ。（たくさん）なってたもんな」毎年、向かいの家の細川さんから、おすそ分けをもらう。外見は一軒家にみえるが実は二世帯に分割された、ごく狭い賃貸物件の我が家と異なり、細川さんの家は立派だ。柚子や百日紅などの立派な庭木が塀越しにみられる。そういえば今朝、その庭に剪定師が脚立を運び込んでいた。

すでに柚子のぼこぼこ浮かんだ湯船に浸かる。ほう、柚子か、風流なものだな、とか特に思わないし、効用があるのかどうかも分からないが、かすかに香っているのをくんくん嗅ぐ。幼い娘はきっと楽しい入浴だったろう。

三日後の朝、ゴミを出しに出たところで細川さんちの旦那さんと顔をあわせたので、柚子の礼を伝える。旦那さんは柔和な顔。いつも楽そうなズボンを穿いていて、自分も健康に年を取ったらいずれあんな風体になっていくのだな、と思わせられる。

庭木は綺麗に丸く刈り込まれており、散髪したての人の頭をみるような、うっすらとだが確実な好もしさがある。そのまま戻り、いっちょまえに二度寝をしたがる娘を起こし、寝巻を脱がし、体温を測り、ゆで卵の殻をむく役を与え、昨日の残りのご飯を温めて食べさせ、連絡帳に記入し、着替えさせる。電動自転車の後部座席に乗せ、ヘルメットをかぶせる。ルーチンになった娘の「保育園送り」をこなし、戻ってくると、今度は細川さんちの奥さんが犬を連れて門から出てきた。奥さんは小さく、かわいらしい。

「コロネちゃんだ、コロネちゃーん」自転車の速度を緩め、軽薄な感じで手をふる。細川さんちの小型犬のコロネは人懐こく尻尾をふって、リードの伸びるに任せて近づいてきた。もう何度もみかけ、馴染みになっている。若いころはたとえ親しい人と遭遇しても、その愛犬に甘い声をかけて手をふるなんてことを自分はしなかっただろう。コロネちゃーんとか言って愛想よく近所付き合いをするような自分であることにはとっくに慣れたし、驚きもない。だがそれは「丸くなった」とかそういうことではない。それまでしなかったからといって、それをしないことについて特にポリシーなんてなかったのだ。改めて奥さんにも柚子のお礼をいう。

郵便受けから朝刊をとり、家に入ると妻は洗濯機に入れる衣類、見送る衣類を検分しているところだった。日差しの弱い日が続くが、曇天でも雨よりマシと判断したか。

「昔さ、洗剤のCMでさ。『スプーン一杯で驚きの白さ』って言ってたじゃん」妻は洗剤の箱を手に不可解な表情を浮かべながら言った。

「『アタック』でしょう」

「そのスプーンだけどさ……こんなに大きかったっけ」妻は俺に青いスプーンをみせつつ、それで洗剤をすくい、不可解さを保ったまま洗濯機の蓋を閉めた。妻は——俺に似ているかもしれない——いろんなよしなしごとを考える人だ。言われてみればたしかに、スプーンが大きい。そんなにたっぷり入れるなら、別に白さにも「驚」かない。

俺が小学校のころ、洗濯洗剤の紙箱はランドセルくらい大きかった。立方体に近いサイズに小型化されたのは二十年くらい前か。

「ランドセルくらい？」

「ジェットパックくらいかな」フィクションの中の人が空を飛ぶときに背負う、ジェットパックの喩えの方が妻にはしっくりきたみたいだ。

「たしかに、そうだったかも」

「分かったぞ。洗剤が小さくなったけど、今度はだんだん、洗濯機が大きくなったんだ」うちのこれも、三年前の娘の誕生を機に買い換えたばかりだ。

「なるほど、なるほど」

「あ、今、細川さんに会ったからお礼いっておいたよ」たまたまだが短時間で夫婦二人両方に礼を述べ終えたことになる。

「あ、細川さんのさ。腕時計ロレックスだったの、みた？」

「うそ」不自然な大声になったが、妻は意に介さなかった。

「あれ、最近買ったのかな、なんか新品ぽかったよ」三日前、柚子入りのビニール袋を受け取るときに腕と腕が近づいたのだろう。着ている服や髪型のことなど、俺はいつでも誰の変化も気づかない質なので、同じ動作をしても自分には認識できた自信がない。

「へえ」とだけ。特に「願い」については語らず、朝食を取り、曇天を仰ぎながら自転車で仕事場に向かう。道々、細川さんのことを考える。貸しスタジオに行くのと途中まで同じ道で、三日前と同じ赤信号でまた止まる。

なにか場所――たとえば、パンクして自転車屋など――を探してGoogleマップで検索したら、意外に近いところにピンが打たれて驚くことがある。そんな風に、自宅周辺の地図の、至近にピンが打たれた気分。ロ、レ、ッ、ク、ス、はすぐそばだった。

たとえば今夜、日付が変わるころに細川邸を訪問し「どうもどうも、夜分遅くにスミマセン、これあの、こないだの柚子のお礼でして……」とか言いながら細川さんの腕をさりげなくうかがう、いや、さりげなく凝視することを想像する。ところで今、何時《なんどき》ですかね……って、それはもう落語だ。

さりげない凝視って。自分の思い付きに呆れ笑いが漏れる。

だいたい、細川さんちは夜が早そうだ。夜になるたび雨戸もしっかり閉めているから、忍び込むのも難しい。青信号が点滅していて、慌てて自転車を漕いだ。もちろん、本当に忍び込むつもりなどない。スマートウォッチがメッセージの着信を告げているが、仕事場につくまで内容を確認しなかった。

［大山田君のご両親から蜜柑が届いたよ］妻からのメッセージが転送されていた。スマートウォッチでは画像の確認まではできないが、荷物の画像も添えているらしい。

妻と俺とが紹介した二人の結婚だったたから、我々は――今時の結婚式では珍しい――「仲人」になった。三日前のスタジオであった大山田君はヘラヘラしていたが、ご両親は「年の瀬の挨拶」を今年も忘れず、愛媛の家からずっと、贈ってくださる。

［柑橘系のお礼を柑橘系で返すっておかしいかな］仕事場のパソコンで新たに受信した妻のメッセージが、細川さんの柚子のお礼のことを言っていると気づくのに少し遅れた。

［いいんじゃない？］返信をうつ。妻は早速もう、蜜柑を届けてしまうだろう。引き留めの言葉を考えそうになって、自分に呆れる。二十三時五十分に、蜜柑ぶらさげて人の家の呼び鈴を本気で押す気か。そんなバカな。

遭遇することの意外な困難さが、このくだらないといえばくだらない「願い」の炎を灯し続けている。比喩を思いながら、現実のマッチの火を灯す。借りているオンボロの仕事場には小さな炊事場と一口のガスコンロが備えてある。点火装置がないからマッチで点火する。ふっと吹き消し、やかんを火にかける。小さなシンクには、膨らんだティーバッグとマッチ棒が並んでいる。

一度マッチをつけてみたい、と「願」った女もいた。べらぼうに年下というわけでもなかったし、深窓の令嬢という風でもなかったが、生きていて、童話やフィクションの中でしかマッチに出会わなかったそうだ。

つければいいじゃんと簡単に言ったら、尻込みをしていた。たしかに子供のころ、俺もマッチに憧れ、かつ怖くて、端を持って擦ってはよく軸を折った。

あるとき飲み屋で手に入ったマッチを女の目の前でつけてやったら、炎に瞳を輝かせ、わずかな燃焼音に耳をすませた。願いを持つ者特有の、あのうるんだ目。

その後、女は願いを叶えただろうか。特段、困難な願いではない。ホームセンターにいけば、今でも入手できる。

そういうことは「願い」だろうか。ドラムを叩けたらいいな、と思って習い始めるのと比べても、敷居が低く、いつでも叶えられる。なのに、普段の自分に生じる願いよりも純度の高いものにも思える。

火が生まれ、わずかな時間で消える。一日が一瞬でパチンと切り替わる。どちらも刹那のこと。それが時間のことだから魅了されるのか。

それしかないからだろうか。ドラムをただ叩くのは原初的な気持ちよさだが、それだけを望んでいない。バンドなんか組んで、仲間と「楽しみたいと」思ってやっている。

羨ましい。ちゃんと寂しくて。人にというよりも「願い」に対して、そんな気持ちを抱く。かつての女のパチンという願いは、少しも自分の願いになんかなってなかった気がしてきた。寒い寒いとつぶやき、ファンヒーターの電源を入れる。お湯が沸いたのでコーヒーを淹れる。妻が送ってきた愛媛の蜜柑の画像のオレンジ色を眺めた。

細川さんのロレックスをみる機会は、これが意外なことにやってきたのだった。正月七日過ぎの、それもなんと夜の二十三時半過ぎに。

表でなにか音がして、カーテンを少し開けるとハイヤーとおぼしき黒いセダンが停まっている。なにか諍《いさか》うような声も聞こえてきた。妻と二人、靴をつっかけて外に出てみた。

「いいから、もう、帰ってもらいなさい」

「ダメよ」細川さん夫婦と、その娘らしい女が細川家の門の向こうでやりあっている。三人とも室内着のままで、白い息を吐いている。

「お父さん、酔っぱらって倒れちゃって。絶対病院いったほうがいいから」どうしたんですかと尋ねる前に女が困った顔で説明してくれた。ダメよ、ダメだってと奥さんは繰り返している。

「大げさなんだよ……すみません、夜分にお騒がせして、大丈夫です……だから、大丈夫だって、休めば治るから」旦那さんは我々には笑みを浮かべたが、家族の手を払おうとした勢いで、ドスンと尻もちをついて立ち上がれなくなってしまった。妻が先に駆け寄り、俺も——思わず自分のスマートウォッチで時刻を確認してから——あとに続いた。門の中にズカズカと入り込む。お父さん、ちょっと、やっぱり救急車呼ぶか、いいからやめなさい、よくないから。言い合う家族に割って入った。

「ダメですよ。僕の友人も一度倒れたあとで、大丈夫っていって、そのあと心臓止まって、大変だったんです」自分が遭遇したわけでない伝聞の逸話をスラスラと述べる。

「そのときはすぐにＡＥＤ借りにいって」

「まあ」奥さんが悲痛な声音をあげる。

「十分以上は心臓停止してたんだけど、奇跡的に助かりました」

「まあ」

「肩、貸します」

「そうだね、お願い」先行していた妻と位置を変わり、俺は不謹慎な高揚を覚えながら、敷石の途中であぐらをかく形で座り込む旦那さんに近付いた。なぜか介抱に慣れた人のように——本当にＡＥＤを用いたことのある人のような気持ちで——体が動いた。つっかけた靴の踵をおこして履きなおし、勢いよくかがみこみ、右腕を旦那さんの肩に回した。

「よーいしょっと」旦那さんの体を抱え、立ち上がる。ハイヤーの運転手が後部ドアを開けて待ってくれている。反対側を娘さんと思しき女が介添えする。俺は旦那さんの、左腕をさりげなく凝視した……。

ハイヤーに旦那さんを押し込めて、奥さんが付き添う形で乗り込んだ。会話から、娘は後から合流することにしたらしいことが分かる。車が去り、静かになった。

「本当にすみません」いえいえ、どうぞお大事に。まだ当然、心配の消えていない娘さんがあわただしく玄関に消えた。旦那さんは大丈夫だと俺は無根拠に思った。妻も楽観した表情をみせている。

「俺、このままビール買ってくるわ」

「あ、私のもお願い」妻は寝ている娘の様子をみに家に戻った。コンビニから帰宅すると、妻は「ね！」と語気を強めた。

「なにが」

「ロレックスだったでしょ？　細川さんの」

「まあね」俺の返事がそっけないのを、妻は「高級なブランドになんて大して憧れない」というポーズと受け取ったかもしれない。俺は訂正しようか迷って、まずはビールのプルタブを起こした。

「……日付表示のないロレックスもあるんだな」俺のつぶやきを妻は聞き逃した。

ルーティーンズ

1・四月二日　俺

ドラムセットの脇の譜面台に、バドミントンのラケットが置かれていた。

ラケットの細い部分が譜面を載せる溝にちょうど収まりよく、柄が真横に飛び出た形で安定している。

これ、なんですかと先生には訊ねずに、椅子の高さを調節する。いつも防音室に入るとまずする作業だ。自分の前の時間帯は主婦が教わっているそうで、椅子は常にやや低い。左回転で高さをあげることになっている。

よし。高さをあわせ、スティックを手に腰を下ろしてみる。よし、とか心の中で思っているものの、いつもテキトーに回転させているのに過ぎず、高さが本当にフィットしているのかどうか、本当には分かっていない。前の主婦の高さではまるで叩けない、なんてことは実はないんじゃないか、とも思っている。

スネアドラムの脇のストレーナーと呼ばれるレバーをあげる。スネア、タム、フロアタムの順で叩いていく。ダン、デン、ドン。異なる音がちゃんと響く。左足でハイハットのペダルを踏み、右足でバスドラを蹴る。

別に試さなくても、ドラムがすでに調整され終えていることは知っている。自分の体がちゃんと叩き方を覚えているかどうか、念のために試しているのに過ぎない。

「今日も前回に続いて、基礎練をしましょう」壁際のパソコンの画面に向かっていた先生は、振り向くとごく自然な動作でバドミントンのラケットを手に取った。

「それはなんですか」と訊いてみた。

先生は答えず、嬉しそうに笑った。なんだか意外だった。普段の先生はみせることのない、悪戯めいた笑みだ。

それから基礎的なリズムの練習をした。先生はスネアドラムの盤面にゴムのシートを敷いてくれた。ずっとスネアばかり叩くと耳が音にやられちゃうのだという。

ＢＰＭ＝60、つまり一秒で右、もう一秒で左。交互にスネアだけを叩く。ダン、ダン、ダン、ダン。

先生が手を叩いた瞬間から、一秒ごとに右左、右左と倍の数。やはり均等に繰り返す。ダンダン、ダンダン。太鼓を叩くおもちゃの人形のイメージだ。次に先生が手を叩いたら一秒ごとに右左右、左右左と三回。均等にダダダ、ダダダ……。次は一秒で四回。右左右左、右左右左。ダダダダ、ダダダダ……。

それからだんだん逆にしていく。右左右、左右左……。右左、右左……。右。左。こんな単純なことでも、音が元通り緩慢になっていくうち音楽というか「展開」を感じる。

慣れたら手に加え、右足のバスドラを入れていく。手数は増えていくが、バスドラは常に一秒ごとに一回。難しい。

ハハハ。失敗すると笑ってしまう。初手のダン、ダンから失敗して笑って、何度かやり直す。一秒に三回のダダダ、ダダダでもつまずく。アハハハ。

なにかがすごく出来ないというのは、それをすごくできるのと同じような痛快さがある。

それで、ドラム教室で俺はよく笑っている。先生のお手本を聞いただけでハハハッと声をあげてしまう。同じドラムセットの、同じ位置（先生は椅子の高ささえ自分仕様に直したりしない）で、自分とぜんぜん違ってうまいということが、めちゃくちゃ可笑しく感じられるのだった。

まだ習いたてのころ、コブクロの『蕾』という曲を叩いた。そのとき俺の目の前にはコブクロがみえていた。特にファンというわけではないがテレビの音楽番組で何度もみたことのある、背の高さの極端に違う二人組の背中が、その向こうには満員の聴衆さえみえた。

叩いているうちに気持ちが盛り上がって幻視した、とかいうのではない。叩く前からみえたのだ。

『蕾』という曲はイントロも、「涙こぼしても」という歌いだしも、そのあとも（いわゆるAメロは）、アコースティックなギターと歌声ばかりでドラムは少しも入らない。Aメロを二度繰り返してからのBメロの始まり、二人がハモる寸前までドラムは待機。そのときも幻視している。大事に、切なげに歌い上げる二人の背中が俺にはみえた。それも「上から」だ。二人とも、やっとるな。

Ｂメロでやっとハイハットを叩く。それもチッ、チッと緩慢に入るだけで、二人の切ない歌声の響くままに任せている。いよいよ盛り上がる、ファンでない俺でも知っていたサビ、「消えそうに〜咲きそうな〜」というところの直前でやっとドラムがどれどれ、そろそろやりますか、という感じで「起きる」。

それより前、Ｂメロの終わりで「きっと〜きっと〜きっと〜わかってたはずなのに〜」と高まったところで後でシンバルがシャーン！

一瞬の溜めのあとで、スネアとタムがダッダカトンと入り、それからサビ「消えそうに〜」だ。

この、サビの直前のブレイク、シャーンとダッダカトンがすこぶる大事だ。ここでずっこけると、大事なサビ「消えそうに〜」が台無しになる。テレビで何度耳にしても、ここを失敗する『蕾』を聴いたことがない。そりゃそうだ。録音された音源か、生演奏だとしてもプロがしているんだから。

俺が叩くと必ず台無しになる。

シャーン！　ダッボコ、ボコ。

聴いたことない。

初めてのとき、「すまん！」と（誰からも求められてないのに、勝手に）心からの謝罪の声が漏れた。それからレッスン中、ずっと笑いっぱなしだった（ずっと失敗したから）。コブクロ兄さん、すまん！　大事なフェスで俺が恥かかせて、すまねえ！ありえないほど下手なドラマーと生演奏しなければいけない不条理に直面した人気ミュージシャンの困惑顔を幻視して、笑いが止まらない。

部活の野球でトンネルしたら、即座に罵声が飛ぶ。教習所のクランクでハンドルを切りすぎて教官にブレーキを踏ませることになっても——今どきの教官は露骨には怒らないらしいが——ハハハと笑えることにはならない。本番なら命に関わることだから、おおいに縮こまり、神妙に指導を拝聴しなければいけない。

それらに対しドラムの練習は、自分で自分の失敗に笑っていいんだ。誰も教えてくれなかったな。妙な発見で目が覚めるような快感がある。

もちろんドラムの先生は一緒になって笑ったりしない。生徒の失敗を笑ってはいけないという職業的な倫理があるだろう。それに素人の生徒が失敗するなんて日常的なことだから、別におかしくないに決まっている。それにもちろんのことだが、先生はドラムがうまい。だから笑える状況が絶対に分からない。ミスチルを叩いても、ロッド・スチュワートを叩いても、俺だけがその都度、愉快そうにしている。すまん、ロッド、悪りぃ、桜井くん！　先生は、うまくいかないことの照れ隠しだとでも思っているだろう。

それから二週に一度のレッスンごと、洋楽にJポップ、さまざまな曲を叩いてきて、ただの基礎練習は久しぶりだ。音楽にあわせずにひたすら同じテンポでのドラムを繰り返す。スタジアムも、人気ミュージシャンの姿も幻視しない。笑わずに失敗し続けながらようやく、一秒のリズムに右・左、一秒で右左・右左、一秒で右左・右左・右左と連続できるようになってきたころ、先生がストップをかけた。

「ナガシマさん、手がおかしいです」

「あ、そうですか」またかと思う。習い始めのころに言われていたことだ。

曰く「手首で叩かない」「親指を返さない」。

言われるたび「こうですか？」と直してみせるのだが、叩くうちだんだんとまた間違えた形になっていく。「こうですか？」という日本語も、過去にも何度か繰り返しているだけに、我ながら歯が浮く感じだ。

もう二年半になるというのに。貸しスタジオで友人と自作の曲を演奏したりするようにもなったが、上達しているわけではない。これだけの期間やってもなお、手付きについて言われないようにはならないのだな。ものすごい他人事として、俺は自分の両手の甲を見下ろした。

先生はスネアドラムに敷いた円形の保護シートをかたわらの卓上に置きなおした。その上に、いつの間にか持っていたテニスボールを置いた。やはり、ラケットは教材だったか。遊びに来た子供がたわむれに置いていったとかでなく。

ドラムスティックの持ち方、振り下ろし方を、先生はラケットで説明した。

「これはバドミントンのだけど、テニスのラケットだと思ってください」

「はい」先生は、ゴムの上のテニスボールを、ラケットでぎゅっと押さえつけた。

「テニスのボールを、これはバドミントンのですけど、ラケットでこう、真上から押さえる感じ」

「ああ、はい」しばらくガットに固定されて動けないボールをみつめてしまい、あわてて柄に視線を移した。

「この手の角度、形でドラムを叩けてるかどうか、です」

「なるほど」とても分かりやすい。コブクロを幻視するように（かどうか分からないが）、みえないボールをテニスのラケットで押さえるようにスティックをスネアに載せてみた。

「太鼓の真ん中にテニスボールが載っているつもりで、それをテニスラケットのガットで押しつけて動かなくする感じ……そうそう！」俺がスネアを叩く手首を凝視しながら、先生はやっと、手ごたえを声音ににじませた。それまでずっと、俺の手つきは包丁やナイフで切り刻む手首になっていたのだ。

「あ、なるほど、分かりやすいですね、このラケットの例え」深く納得する。

「でしょう？　こないだ思いついたんですよ。これ、すごく評判よくて。皆さん、この教え方だと分かってくれるんですよ！」

「あ、最近思いついたんですね」

「ええ」それはそうだろう。質問しておきながら、強く合点した。でなければ習い始めた最初にもう、そう教えているはずだ。こんなに分かりやすいんだもの。

そのためにラケットまで用意して、嬉しそうな顔を横目に、先生はこのドラム教室を何年やっているのかが気になった。自宅から徒歩三分の至近にあることで通い始めたのだが、マンションの一階の店舗部分を改装したような佇まいからは、歴史の浅さ深さが伝わってこない。先生自身の風貌は俺より明らかに若い。三十代か、二十代かもしれないが、職業に相応しい落ち着きを備えている。珍しく喜んだ顔に、年相応の若さを感じ取る。

「では、また再来週」月謝を払い、領収書を受け取る。

「あ、でも」二人、目をあわせた。

東京都に緊急事態宣言が発令されたら、音楽教室も休業の対象になるだろう。

「どうなりますかね」

「ねえ」先生は困惑顔になった。

帰り道、俺はテニスのラケットを思い出していた。先生がそれを思いついたのが最近ということについて、聞いた直後には「それはそうだろう」などと受け止めたが、改めて考えると、意外だ。

いい叩き方とは別に「いい教え方」もあって、みつからないうちはずっとみつからない。プロの先生でも、教え方はすぐには備わらず、模索し続けるのだ。

さっき、自分よりも先生の方が明らかに充実した顔だった。教わる側がそれをみることにパラドクスを感じながら（近いのですぐ）帰宅する。家のカーテンの隙間から椅子に座る妻の背中がみえる。おーい、と娘に声をかけるような邪気のない呼びかけをしようか迷って、やめて玄関に回る。

テーブルの向こうで妻は真面目な顔をしていた。

「やっぱり休園かも」

「おぉ、そうか」返事が大仰になった。手を洗い、やかんをガスにかける。妻が少し前にお茶を淹れたところらしく、やかんは熱を持っていて、すぐにしゅうしゅうと音をたてた。

マグカップからティーバッグの紐を垂らしたままテーブルに向かう。娘の通う保育園がコロナで休む・休まないというのは予《かね》て話題になっていた案件だ。覚悟はしていたのだが。妻が差し出してきたA4のペラ紙の中身を、俺は音読した。

「『東京都に緊急事態宣言が発令された場合、都の要請に従って休園する可能性があります』か……可能性とかいってるけど、まあ、するんだろう」妻と目をあわせる。妻は落胆でも怒りでもない、思案気な顔だ。すでに新聞もテレビもネットも、緊迫した情勢を伝えていた。世界中で死者が激増していることも分かっている。

紅茶を飲み、ペラ紙を卓に放った。妻は思案気な顔を崩さず、ペラ紙は無駄にかっこよく宙を滑り、卓にふわりと着地した。背後のカーテンの隙間から外がみえる。

さっき自分が通ってきた道をバイクが通り過ぎたが、その前も後もしんとしている。

我々夫婦は共働きだ。子供は保育園に預けているから、休園となれば家でどちらかがその面倒をみなければならない。一日交代でみるか、一日を半分に割って交代にするか。どちらにせよそれは「大変なこと」なのは自明だ、天を仰ぎたくなる。

二人でインスタントラーメンに前夜の残り物を載せて食べる。ドラム教室は午前十一時からなので、帰宅したあと二人で昼飯をとることが多い。

「卵入れる？」

「いる……ありがとう」

「しかし、どうするかねえ」

「家でプレステするしかない」ズズズと麺を啜りあげて妻はいった。

「ハハハ」

妻の言葉は引用で、もともとはイタリアの市長だか知事の言葉だ。浜辺でなぜか卓球をしていた若者に、見回りをしていた市長が声を張り上げ、帰宅を促した。

「早く帰れ。帰って家でプレステしてろ！」

日本以上に深刻な感染者数と死者数で、ロックダウンが続くイタリアの緊迫した様子を報じる動画だが、不機嫌な市長の口から唐突に漏れた固有名詞が（大人世代の、若者の趣味嗜好に対する把握の大雑把さも表れていて）面白く、「家でプレステしてろ」はインターネットの、特にツイッターで誰彼につぶやかれる「人気ワード」になっていた。

動画の中のイタリアはよく晴れており、そして閑散としていた。すでにほとんどの市民はロックダウンに従っていたのだろう。叱られる若者もわずかな数で、若い集団ならではの威勢のよさや活気なんて少しもない。広い浜辺でではなく、自室で親に叱られたみたいだった。妻の背後の静けさが、イタリアの人のいない晴れた浜辺と繋がっているように感じられた。

「私はたまたま仕事が途切れてるから、特に仕事が入らない限りは、多めにみられるよ」妻は漫画の連載、単行本化のかきおろし作業が終わったばかりだ。

働かずに子をみてもらうということは、俺が生活費を倍（口座に）入れるということになる。

「そうするしかないか」

「ラジオはどうなりそう？」俺はこの四月から月一で昼のラジオ番組で三十分しゃべることになっている。赤坂まで出歩くことも自粛を求められるのではないか。

「今んとこ、普通に来てくれって。でも、変わるかもね」

「状況次第か」

「震災のときも、いわゆるロックダウンはしなかったのになあ」

「まさにディストピアを生きてるね」二人とも紋切り型のカタカナを、そうと分かって口にした。ディストピアやロックダウンというのは口に出せるし、思弁の際にも簡単に頭にのぼる。だけど、少し前まではそれは、我々に縁遠い、どちらかといえばフィクションの世界の、大仰な言葉だった。馴染んでしまうことが怖い。怖いし、不思議だ。深刻さのただなかでも、不思議だなという気持ちが常に微量に混じる。

とにかく「ロックダウン」が、その言葉の常用されるパニック映画のような阿鼻叫喚の様態や悲愴感を少しも伴うことなく、ただの嘆息混じりで始まるとは思っていなかった。いつもと同じインスタントラーメンを啜りながら、簡単に。

2・四月九日　私

東京都の緊急事態宣言の発令は四月七日で、その日はまだ保育園に登園することができた。八日のお迎えの際に通知をもらった。私たちの予期していた通り、自主的に休むことが促されていた。

「医療従事者を始め、就業を継続することが必要な方、ひとり親家庭で仕事を休むことが困難な方など、真に保育が必要なお子様のお預かり」のみが継続される。こちとら漫画家に著述業。「就業を継続することが必要」と強弁することは到底できない職業だ。

そもそも就業を継続できるのかな。書店が休んだら雑誌や本の売り上げも減る。連載している雑誌が休んだり、本の刊行が取りやめになる未来が容易に想像できる。出版社や書店の倒産さえ起こりうることだ。

私は深呼吸をして、保育園に電話をかけた。緊急事態が宣言されているゴールデンウィーク明けまで休む旨告げる。応対した保育士さんが申し訳なさそうな丁重な声音なのは「デフォルト」として備わったものなので、そんなに（申し訳なさや丁重さを）額面通りに受け止めないのだが、緊急事態の中で継続し続ける園側も大変なことはたしかだろう。

電話を切る。保育園の「ママ友」たちのグループにメッセージが届いた。本当は夫にも入ってもらいたいグループだ。いや、入ってもらわないほうがいいのか、判断がつかない。突然「女」の話が始まるかもしれない。

［青梅街道のドンキで箱入りのマスク売ってましたよ］ お。ママ友の一人からだ。

「助かります」という柄のスタンプを選んで送信する。近所の書店も、コンビニにも手書きの張り紙が出ていた。「マスク未着用の方の入店をお断りします」と。

「ドンキで今、マスク売ってるって」

「今！」二階から声がふってくる。夫の驚きは、その情報の信憑性を疑っているものではないことはすぐに了解できた。マスクが入手困難だということも、もちろん知っている。マスクが「ない」ことよりも、マスクが「今（なら）ある」という「わざわざ」届いた情報が、その現状をより強く実感させたのだ。

「買ってきていい？」

「いいよー」娘のはしゃぐ声が夫の声をかき消した。娘には、私でなくお父さんとだけ遊ぶ遊びがいくつかある。今は多分「ベッドから落とすごっこ」をしている。寝ているお父さんの体を押して落とす。夫は適度に抵抗してやったあと「うわあ！」と転がり落ちてあげる。かと思えば不意に足で体ごと挟み、娘を安全に落としてやる（それら一連の様子は、本場所ではない大相撲で、ちびっこたちと相撲をとって負けてあげる関取の、あののらくらした態度を彷彿とさせる）。私とそれをしないのは、お父さんの体の方が頑健で、よりぞんざいにしてもいい、と踏んでいるきらいがある。私は特にやりたくないので、水を向けない。

道を挟んですぐの自転車置き場で、私はチェーンの暗証番号を回す。少し前に自転車をここで盗まれてから、無駄に太いチェーンにしてしまった。

「いってらっしゃーい」ベランダで夫に抱っこされた娘が手をふっている。互いに手をふりかえした。

箱のマスクだけ買い求めとんぼ返りする。自転車置き場でかがんで、取り回しのしにくいチェーンを舌打ちしながら巻いた。家の前に立つと、カーテンの隙間から椅子に座る夫の背中がみえる。あんなに盛り上がっていたのに、二階での「ごっこ」はどのように一段落したのか。今はたぶん娘は床でタブレットの動画をみており、夫は書評の仕事で、漫画か本か読んでいるのだろう。おーい、と声をかけるか迷って、やめて玄関に回る。

3・同日　俺

夜、入浴を終えた娘を妻から受け取り、風呂の出口で捕まえる。まだまだ肌寒いから体を、特に髪をしっかり拭かなくては。

「お腹、ガサガサ」裸の妻は皮膚薬を特に厚く塗るべき場所を俺に指示したが、俺は「よく拭く」ことばかり念頭に置いていた。

湯冷めすると風邪をひくという戒めは、俺がこの子くらいの頃に親たちが言っていたことだ。今の時代、いろんなことが更新されているが、その戒めはどうだろう。たとえばかつて、牛乳の飲めない子が居残りさせられていたが、今はアレルギーだと分かった。ウサギ跳びは関節を痛める。そのように、湯冷めしても風邪はひかないどころか少しくらい冷やさないと成長が止まる。なんてことは。

「はい、動かないの、動かないの」脳裏をよぎる事柄を無視して、バスタオルで入念にごしごしとこする。娘はタオルをつかんで引っ張り、楽しそうに邪魔をしてくる。

ここまで二歳と半年強、彼女はおおむね健康のようだ。少し前まで月に一度、俺は育児書をめくるようにしていた。たまたま買い求めたその本に、子供の月齢ごとの特徴が書いてあったからだ。どれどれ、今月の娘はっと……。

読むと、その本が先回りしてうちの子をみてきたかのようだ。毎月、うちの子の様子はことごとく「その月齢の子」の特徴を示している。たとえば「1才3カ月の子」のページには「ひとり歩きが安定」「まねっこが高度に」「ボールを転がせます」とあって、すべてその通りだった（「ママ・パパがヘトヘトになるくらい動き回り」は親までその通りに記載に従っていた）。1才6カ月のページになると「絵本を見て、指さし確認」をするようになり「おねだり」をし、「積み木でタワーを」などは、あくまでも「例」だろうに、写真の中のにそっくりの塔を組んで見せた。二歳からは月ごとの記載がなくなってしまい、残念だ。

典型的。

食欲が他より旺盛だという以外、育児書のど真ん中をゆく人。

うちの子は典型的な子だという把握は、健康だが平凡ということを意味しているに過ぎないわけだが、その過剰な一致ゆえ俺を面白がらせた。肌のアトピーで皮膚科に通っているがそれもまた「よくある」ことらしく、健康であることは間違いないので、安堵をベースに見守ることになる。俺のタオルをなんとか逃れた娘に追いすがり、頭にタオルをかぶせる。

「わあ、髪の毛サラサラですねー」逃げる気をそらすため、美容師のお世辞をいってみる。

「そうです」美容師のシチュエーションが分かるはずはないのに、娘は神妙に応じた。

「シャンプーなに使ってるんですかぁ?」

「ミニヨン」

「あ、ミニオンですか、へえ」ごしごし髪を拭きながら俺は噴いた。たしかに、娘のはミニオンのボトルの、こどもシャンプーだ。

4・四月十二日　私

子を保育園に預けて以来、なんとか維持していた私たちの「早起き」だが、わずか数日で崩れ始めた。子供が生まれるまでは夫婦ともに夜更かしで、午前中に起きられればマシな方だったのだ。アルコール依存症患者や麻薬中毒の患者は一生、中毒であることからは逃れられない、飲まない日を意志の力で連続させるだけだ、という重たい「説」を思い出す。夜更かし人間の体質もそれと同様なのではないか。つまり、もう治らない。健康的でない状態がデフォルトで、どれだけ踏ん張って早起きを続けても、少しの気の緩みで引きずり戻される。

麻薬で定期的に捕まる有名人の（それも逮捕された瞬間の虚ろな）顔をどんより思い浮かべつつ、あまり怠惰になっては保育園が再開したときにまずいべえ、と夫婦で（それも虚ろな）目を見交わし、今日はなんとか九時半には三人とも起きた。

朝食を終えて仕事場に出かける夫をベランダから見送る。夫は自転車置き場からゆっくりと自転車を後退させ、道路に出し、ベランダを見上げた。互いに手をふりあう。なんだかそのときだけ「前向きな一家」みたいだ。

今月はもっぱら夫だけが生活費を口座に入れて夜まで働き、私は専業主婦となり、日中の娘の面倒をみる。遠ざかる自転車を見送った。

静止した洗濯機の内壁に張り付いた洗濯物をカゴに入れる。床に出してあった残りをぽいぽいと放り込んで二度目を回し、両手でカゴを二階に運ぶ。ついてくる娘に先を譲って先に階段を上らせるのは、自動的に身に付いた動作だ。万一仰向けに転んだときに足で落下を阻止するために。

ベランダで、まとわりつく娘をあしらいながら洗濯物を干す。娘は——多くの子供たちがそうなるだろうが——洗濯ばさみが好きだ。箱の中のそれを取り出してはつなげたり、散らばせたりしている。

「それ、とってー」というと「こっち？（それとも）こっち？」と二種類差し出してくれる。

「痛くないほう、四個……はい、どうも、ありがとう」お手伝いしてくれていい子だね、という含みを抑揚に加え、大げさに礼をいう。肌をはさんでもあまり痛くない、物干し竿の丸みに応じた二連の爪の、大型の洗濯ばさみでタオルを固定する。

二度目の洗濯物を干し、寝室をちょっと片づけているだけで、気付けば昼食の時間だ。

　娘にせがまれ『トムとジェリー』をみせる。

「また?」こちらとしてもなにか映像をみせようと思っていたところだし、みせるはみせるものの、呆れ声が出る。休園の決まった翌日に、夫が百円ショップのレジ脇のラックに吊ってある、著作権切れの名画やアニメのＤＶＤの中から買ってきたものだ。まだ二歳半の幼児にも面白さが分かるらしい。何度もせがまれるようになった。

　みせながら、最初のうち得意げだった。やはり『トムとジェリー』は今の子にも面白いだろう?　と、作者でもなんでもないのに(買い求めてきたのも私ではないのに)、胸をそらした。アニメってのは、キャラとかじゃなくて――もちろんキャラクターも大事だと分かっているが――「動き」のことだろう?　などと思うが一体、誰に対して自分は溜飲を下げているのか。

　とにかく、半世紀以上昔のアニメだが、キレッキレの動きだ。壁に激突するトム。フライパンでぶん殴られて顔がフライパン形になるトム。パイプの中を潜り抜けて蛇腹形になるトム。

「アハーハハハァ！」手を叩いて娘も笑う。

背後で私も笑う。子供のころ再放送で飽きるほどみて、数十年たった今みても、ときに声をあげてしまうほどだ。子供のころの放送にあったテーマ曲は、なんの都合か知らないが収録されていない。吹き替えも、私がみたものより饒舌なそれに差し替えられていて残念だが、娘には関係のないことだ。

この場面はインディアンの風習をパロディにしているのだな、とか、大人になって理解できる発見もある。録画の溜まったEテレの幼児向け番組と『トムとジェリー』とでなんとか娘の気をそらし、家事に取り掛かる。台所に立つときの最初の一手は「手を洗う」でも「エプロンを身につける」でもない、「リモコンで子供コンテンツを表示させる」だ。

百円のＤＶＤ一枚には短編が九つ収録されていた。表示されたチャプターから「ピアノ・コンサート」の巻を選ぶ。ネットで調べたところでは、これは『トムとジェリー』の中でも特に名作とされているようだ。アカデミー賞も取っている。娘はすぐさま釘付けになり、直前まで発揮していた騒がしさとの対比を思うと、リモコンでテレビではなく幼児を操っているような錯覚が湧きあがる。

少しぶよぶよになった人参をつまんで、ままよと皮をむく。ピーラーが引っかかるが、剝いて切っていくうち、まあ大丈夫だろうというジャッジに票が（私一人のだが）傾いていく。娘は離乳食からの移行もスムーズだったし、食物アレルギーも今のところなさそうだ。バキュームみたいになんでも吸うように食べる。まだ、ピーマン要らないとかセロリ嫌いとか、好悪を「思う」ことさえできない、という感じだ。

ここでトムが弾いているのがリストの「ハンガリー狂詩曲第２番」というのは、これもネットで調べて知った。

コンサートホールの中央にグランドピアノが一台。ステージ袖から燕尾服姿でトムが歩いてくる。礼装にふさわしい厳かさをたたえ、客席にうやうやしく礼をして、グランドピアノの前に腰を下ろした。弾こうとして、椅子の高さを調節したりして、いっちょまえだ。目を閉じて、指をポロン。描かれていないが、オーケストラはピットに控えているらしく、もったいをつけてトムの弾いたポロンに「ジャジャーン」と合わせている。

娘はまだ「厳か」な「しかつめらしい」態度というものを、それをなぜするのか分からないだろうに、面白いものをちゃんと分かってみている者の表情をしている。

小さく切った豚肉とキャベツ、レンジで火を通した人参をフライパンに入れて炒めた。焼きそばの、三玉買って二玉作って余っていた一玉を入れて粉末ソースと混ぜる。粉末ソースの小袋は、最近の「こちら側のどこからでも切れます」と書かれたものではない。これを開けるときいつも、微量の緊張が走る。

無事に粉末ソースをかけ終え、火を止めて揚げ玉をドバドバかけると、トムたちの演奏するリストが佳境だ。

トムの演奏でせっかくの昼寝を邪魔され、憤慨したジェリーが（なぜ彼がピアノの中で寝ていたのかは不明）、あの手この手でトムの演奏を妨害するというだけのシンプルな筋だ。鍵盤の最高音部に指がくるタイミングで巨大なハサミをシャキン！　すれすれで切れない。また高音にくるタイミングで、シャキン、切れない、シャキン、切れない！

「なんてことを」残酷さに思わず声が漏れる。気付けば私は缶ビールを開けていた。

「トム」個人についてもネットには詳細な記載がある。「芸術面では音楽の才能に長けている。特にピアノの演奏は絶品で、足の指でリストを弾け」と書かれていて、笑った。

足でリストを弾く、というのはアニメをみるに本当のことだし、だったらそう言語化して差し支えない。ウィキペディアは言葉の媒体だから、言語化できることは、そのように記載する。

でも、簡単にいうなあ、とビールをあおりながら思う。

「ピアノの演奏は絶品で、足でリストを弾く」って。自分の感じている面白さが、人にはうまく伝わらないかもしれない。

なんだろう。なんだか「偉人」みたいだ。聖徳太子は十人の言葉を一度に聞き分けたとか、新選組の誰かは握りこぶしをまるごと口に入れることができたというように「言葉」が響く。

さらに混ぜ合わせて青のりをふりかけて焼きそばを皿に盛る。

「うまそー」我ながら、声が出る。ジェリーの逆襲を受け、トムはヘトヘトになって鍵盤に突っ伏している。

「ハサミ、ダメなんだよね?」と娘がいう。ハサミで人の体をチョキンしてはいけない。戒めを説いた際の語調が強かったか。娘はいちいち確認してくる。もう少し大きい子供が「告げ口」をする口調になっている。

「そうよ。ハサミで体をチョキンしちゃダメ」

「ダイナマイトもダメよね」

「ダイナマイトは絶対ダメ」

DVDに収録された別の短編で、いたずら子猫三人組がトムのわきの下にダイナマイトをはさんで着火する場面がある（「いたずら」で済む次元の所業ではないが、現にそう描かれている）。

本当は、ハサミと違って、ダイナマイトについて戒めを幼児にいう必要は、ない。ダイナマイトは日常にないから。

だからといってハサミは注意してダイナマイトは注意しないのは、なんだかおかしいとも思う。

「ダイナマイトは構わないけど、ハサミはダメよ」とわざわざいうのはもっと変だ。

そうかぁ、ダイナマイトは別にいいのかぁ。ハサミはさんざん注意されたけど、ダイナマイトは別に構わないって教わったしな。そのように薫陶（？）を受け育った子が将来、どんな悲劇を起こさないとも限らない。

いや、そのように「万一」を思っているのではない。可能性がゼロでも、いうのだ。

いわば、それをこそ倫理と呼ぶ。

このＤＶＤに収録された中で一番ひどいのは、ソーセージマシンに入れられたジェリーがソーセージ（形）になって出てくる場面だ。コッペパンに挟まれ、ケチャップをかけられて食べられそうになる。絶対ダメ。弱い悲鳴のような声で伝えたが、あんな器具、今の時代にはない。これについてはダイナマイトほど強く戒めていない。

「ピアノ・コンサート」の最後は、トムから演奏を横取りしてしまったジェリーがちゃっかりと燕尾服を着て誇らしげに挨拶、満場の拍手を受けて「The End」。アニメの尺をまるまる使ってリストのハンガリー狂詩曲をほぼ完全に再現しているのらしい。たいしたもんだ。

別の短編をみたがるのを制し、食べてからねとテレビを消す。ビールと箸と娘の麦茶と持ってきて、二人横並びで焼きそばを食べる。横に並ぶさまが、焼きそばのコマーシャルみたいと思いながら。午後の日光がテーブルに斜めにさしていて、娘のほうだけくっきり明るい。

ベビーチェアを卒業し、大人のテーブルで一緒に食事をとるようになって一ヵ月になる。少し前まで「溺れそう」にみえていたのが、いつの間にか背が伸びてもう平然と卓についている。

とはいえ、まだちょっと、卓が高い。食事の際の、テーブルにかじりつく娘の顔は、水平線に昇りかけた太陽を思わせる。

「いただきまーす」なんでも吸うように食べる子だ、テーブルのハンデをものともせず、麺はスムーズに口の中に消えていく。

生まれてみるまで、その子がどんな子かは分からない。社交的かそうでないか。元気かおとなしいか。なんでもよく食べる子なのか、偏食なのかも。

分からないのは当たり前のことだ。だけども、この世のあらゆる親と子の様子をみると「最初は分からなかった」ようには到底みえない。お互い、最初から理解しあっている（ようにみえる）。

それは「だんだん育まれていった」結果なのだろうが、過程を知らないから、最初の分からない同士の始まり方をどうしても想像できない。分からないことを「理屈」では分かるとして、その後ちゃんと把握していけるのかどうか不安だった。

母乳でも粉ミルクでもない、食物で最初に口にしたのは区から投与を義務付けられていた、なにかのシロップの薬だ。あらかじめそれが甘い味付けと知っていたかのように、娘はそれを貪欲に吸いあげ、私たちは目を丸くした。この子は食いしん坊だと確信した。西瓜を渡したら、気付いたら皮まで飲み込んでいて、もちろんそれは、彼女が「知らないから」そうしてしまった、危険なことではあったが、この子について「分かった」と思えたことに我々は安堵した。

好物のとき、娘は嬉しそうというより難しい顔になる。おいしさを味わう、その機会を少しでも逃すまいという、ある意味頼もしい顔だ（少し呆れる）。古かった人参は口の中で、ややムニュムニュした感触だが、娘は一貫して難しい顔でズバズバと吸い込んでおり、口から人参だけぺっと出したりしないようだ。よかった。

食べ終えてもＤＶＤには戻らず、娘はおもちゃのピアノを取り出し始めた。「待って、テーブル拭いてからだよ」手抜きで、おしり拭きで卓上の焼きそばのカスを拭い取り、皿に載せた。「おしり拭き」は子供のオムツの交換時とは無関係に、万能だ。もうすぐオムツが外れて（お尻を拭く必要がなくなって）もなお、ウェットティッシュとして常備され続けるだろう。どの家庭でもきっとそう。

おもちゃのピアノは書店で購入した絵本型のもので、堅い表紙に鍵盤がついていて、ちゃんと和音が弾ける。著作権使用料のかからない、童謡や簡単なクラシック音楽（さすがにハンガリー狂詩曲ではない）がプリセットされていて、それぞれボタン一つで演奏される。娘にとっては鍵盤も自動演奏のボタンも同じものだ。とにかく音が鳴るのを楽しんでいる。トムの真似で、弾く前にもったいをつけてお辞儀をしてみせるところを見届け、皿をシンクに運ぶ。

少し前まで「子供の将来」ということを割と真面目に考えていた。リストを弾けるようになるかどうかは分からないが、興味があるのなら音楽教室に行かせてもいい。絵を描かせても思い切りがよく、のびのびとした線を走らせるのをみると「才能ある！」などとつい感嘆してしまう。いわゆる親バカなのだが「才能を伸ばすなら今のうちなのではないか？」などといちいち考えるのだ。

子育てどころか結婚するよりはるか前から、そういう類いの警句は耳に入ってきた。バイオリンなんか三歳から習わないと手遅れ、みたいな「脅し」のような言葉。

そういう古い、マウントをとってくるような警句のいくつかは時代とともに翻ったが、子供にしてあげることについては、あまり変わっていない。他者からもたらされる警告と別に、自分が一番、感じるのだ。

子供の「今」は短い、確実にどんどん育ってしまう、と。

子供には未来があるだなんて紋切り型の言い回しだが、未来というピカピカ光ったバッヂのような言葉が、こんなに真面目に意識されたことはない。

なにかを遅れて始めたから大成しないとは限らない。そういう実例だっていくらも挙げられはする。でも、もしかしたら今だったかも、と思わせる「今」がごうごうと音を立てて過ぎ去っていくようで、焦りを感じないわけにはいかなかった。

それが、どうだ。

東京都に緊急事態宣言が出てみたら、そういう「考え」も同時にピタリと止まった。プールもピアノ教室もダンスレッスンもなにもかもが休みになって、考えてもひとまず仕方なくなった。夫のドラム教室も休止の知らせがきた、と言っていた。

「大変だよな」と夫は同情の言葉を述べたし、そうね、と私も当たり前の言葉を口にした。音楽の習い事など、もっとも不要不急のことだ。先生は経済的に大打撃だろう。あらゆる損失について、今は皆が(私ももちろん)憂えている。でも、経済に付随して連動して「止まる」ことがある。誰も表立って憂えていないが、教育が「止まる」し、そうすると「考え」も止まる。

本当は書店で教材を買ってきて、なにがしかの知育をすることも可能なのだが、私は不意にもたらされた拍子抜けのただ中で、考えを停止させていた。

娘はトイピアノに飽き、またテレビとせがみだした。私はリモコンを手に取った。『トムとジェリー』のＤＶＤ以外にも、娘を黙らせておく用の映像は豊富だ。Ｅテレの幼児向け番組をいくつか録画してストックしてある。いわゆる「スマホ育児」も誰彼に批判されるものだが、そういったプレッシャーに釈明する気力も気持ちも、やはり停止している。

娘は『みいつけた！』を見始める。これも（『トムとジェリー』と同様）ともすれば大人も一緒に見入ってしまう、よくできた番組だ。

番組の最後は必ず一曲、歌唱で終わる。いろんな歌のある中で、保育園か幼稚園で元気いっぱいに遊ぶ大勢の幼児の映像に、トータス松本の歌唱がかぶさることがあって、このときだけ番組全体の愉快で他愛ないトーンと、毛色が異なったものになる。いわゆる「未来」に満ちた表現だ。

愛のたまご　たまご　あたためよう

きみのたまご　なにが出る？

泣く子、はしゃぐ子、飛び跳ねる子、画用紙いっぱいに絵を描く子、手のひらの虫をカメラにみせつける子。映像の中の子供らの自由さ、元気さからは畢竟（などという措辞は大げさだが）「未来」が感じられる。ピカピカのバッヂのよう。彼らはみな成長し、なにかになる。全員が輝く未来かどうか分からないけど、なにかになるというだけで、途方もないことだ、未来があることの疑いようのなさが黄金の建造物のように燦然としてある。トータス松本の豊かな声量の、父性あふれる歌声が彼らを包み込み、みていると「未来」にあてられ、圧倒される。

何度も折れ曲がる地下への階段を下った果て、三方は堅牢強固な石壁、残る一面は鉄格子の、照明も寝具もない冷たい床に寝起きし、格子の隙間からカビの生えたパンと水だけを無言で与えられ、髪も肌も垢だらけ、日光不足で足が杖みたく細い、うめき声しか出せない、そんな軟禁育ちのジョージ秋山が描いた芋虫みたいな風体の子供なんか、画面のどこにも一人もいない。

私は一体「なに」を「思って」いるんだ。自分が感じている不安が、自分でもよく分からない。単純にいえば「画面からほとばしる可能性の塊の圧倒的な『たしかさ』に比して、その未来を請け合える自信がまるでない」のだろうが、そんなもの、誰にも本当はないんだろう。どの家の親たちも、なんの確信もないまま、なんとかやっている。そう了解しているが、映像をみるたびに立ち上がる不安が消せるわけでもない。

今はこういう状況で「子の未来のためのなにかができない」ことについて、変な言い方だが「助かる」気持ちさえ湧いてしまい、いかんいかんと打ち消したりしている。親の怠慢でなく、世間の状況のせいでそうなるのは、それはそれで可哀相だ。

娘は『みいつけた!』を見終えると今度は私のタブレット端末を偉そうな態度で所望し、ネットフリックスのCGアニメを凝視し始めた。

私は気を取り直した。圧倒されるには早すぎる。まだ、緊急事態宣言は幕を開けたばかりだった。普段づかいのタブレットは奪われたので、スマートフォンでネットの通販サイトにアクセスし、室内用の遊具のテントをクリックする。予て比較し、あたりをつけていたものだ。シャボン玉の液も追加でカートにいれた。これからしばらく、この家が「園」だ。

[これ買ってみていい?] 夫に一応メッセージを送る。決して安くないが、賛成してくれるだろう。

ややあって [いいね、買おう] と、子細に検討したのかどうか、分からない感じの返信がくる。続いて [ハマってくれぇ〜] とも。私にでなく、娘への哀切な願掛けの言葉だ(関係ないが、『みいつけた!』に出てくる大きなサボテン「サボさん」と夫のしゃべり方はとても似ている)。

手間や予算をかけたからといって、子供がそれにハマってくれるかどうかは分からない。(なんでも吸うように食べるというものの) 骨を取りよけても魚を食べないときがあるし、駄々をこねてせしめた物品も、手に入れたらすぐ飽きる。

よその家のことでも、苦労話がいくらも耳に入る。室内用のジャングルジムを買って苦労して組み立てたら、入っていた段ボールの方がウケてそっちでばかり遊んでるとか。

5・同日　俺

キューブ型で丸い出入り口のついた子供用のテントの画像を、スマートフォンでなく、仕事場のパソコンの画面に表示させてみて、サンプル画像を切り替えた。狭い部屋がさらに狭くなる物品をあえて買うということに、妻の覚悟を感じ取る。彼女は居住空間を快適にすることには普段から意欲的で、その意欲はおおむね空間を保つこと、物を増やさないことに向けられていたから。

画像の中のテントの丸窓からは、肌つやの奇麗な幼児が笑顔を覗かせている。オプションでトンネル型アタッチメントをつけることもできるようだ。

楽しげな商品画像だが、眺めていて浮かんだ言葉は「迎撃」だ。絨毯爆撃で保育園の焼失した（してないが）今、これは子を迎え撃つ投資、囲い込み型の罠。

コンビニで買い与える駄菓子や、百円ショップのＤＶＤなんかで一ヵ月もやり過ごせると思っていた俺は、覚悟が足りていなかった。

いや、「やり過ごせると思っていた」のではない。さてどうしたものか、という以外、展望はなにもなかった。

妻は別にそれを責めているわけではないし、こちらも感謝と感服しかない。返信はもう（あまり子細に検討することなく）すませていた。

これを買ってみようと「思って」「決めて」くれる。台所のここにフックがあったらいいと思うとか、こっちの画鋲のほうが穴が目立たないとか、そういう「良さ」を我々三人の暮らしにもたらすのは大抵、妻だ。

感謝のほか、自分は気が回らずすみませんという気持ちもあるし、二人の人が「良さ」で張り合うとうまくいかないという言い訳も浮かぶ。そして、それらと別に、自分に対して「寂しい」気持ちがある。

俺は自分の人生を旺盛に生きていない。

二十年以上前の最初の結婚で、当時奥さんだった人と、ある部屋の照明を蛍光灯にするか白熱電球にするかで大げんかした。若かった。それがより「良い」と思って主張したつもりだったが、今思えば単に若い同士、張り合っただけだ。

そういうこだわりや「良さ」に固執する気持ちがゼロになったわけではない。ないと言ったら「嘘だぁ」と妻には指摘されるだろう。利己的なことでばかり「良さ」を求めている気がするし、そのことへの罪悪感もある。

ドラムを叩けるようになりたかったり、昼飯に好きなものを食べたかったり、これではなくてこっちの靴を買おうと選んだりといった利己的な願望、それさえ希薄になった。

仕事場を借りているのは、仕事がはかどるというのが第一義ではあるが、杜撰に生きられるための逃げ場を確保しているのでもある。そこには安堵がある。同時に少しだけ、生きていること自体への「面倒」もあるのだ。

少し前、髪の毛も体も一本で洗えるボディソープが新発売された。コマーシャルをみたときは、え、それってちゃんと洗えるのか、さすがに髪によくないんじゃないか、と慌てた（気持ちが）。それが「良い」のなら、今までの髪はシャンプーとリンスで、体は石鹼でという「区分」はなんだったんだ、と妻に次々と疑念をぶつけた。

最近——緊急事態宣言以降といっていいだろう——同じコマーシャルをみて、それでいいじゃんと受け止めていた。ボトル三本でなく一本でいいことに、喜びに近い気持ちが湧いて、ということは俺、なんだかあまり「生きて」ないって感じだな、とそのとき思い至ったのだ。

小説を数行書く。一九八〇年代から二〇二〇年にタイムスリップした男子高校生が、なんとか過去に戻ろうなどとせず、淡々と暮らしていろんなことに感じ入るという筋だ。誰からも頼まれていない、勝手に書く小説なんて、いつぶりだろう。

気付けば物書きとしてデビューして、もうすぐ二十年になる。

いつもの――保育園が開いていたら妻がお迎えにいく――時間に仕事場を出て、自転車で建築途中の家の脇をすぎる。棟上げ寸前まで進んだ骨格の、剝き出しの柱に照りつけている西日が目に入り、日が長くなったことが分かった。

6・四月十五日　私

夜、夫が子供を寝かしつけている間に散らかった居間を片付けていて、おもちゃのピアノを拾い上げる。消し忘れているに違いない電源スイッチをオフにしようとして、卓に置いてみた。

プティのたまごを思い出しながら、私は鍵盤に指を乗せる。

幼いころ、私はピアノを習っていた。私の親も、幼い私の「未来」に目がくらんで、焦ったのだろうか。どこかから先生を連れてきた。プティのたまごはそのレッスンの最初に教わった言葉だ。

ノクターンを——鍵盤が足りないので——右手だけ弾く。ノクターンの前半だけ、なんとか弾けるのだ。ピアノを弾くときはベタッとした手つきではいけない。いつもプティのたまごが手の中にあるつもりで弾く。手の中の卵を割らないよう、ふくらみを維持することで、運指のフォームが定まる。

というところだろう。私にピアノは根付かなかった。気付いたら先生は来なくなっていた。私が自発的にサボったわけではない。あるとき親が親の判断でやめたわけだ。サボったのでないのにやめたのは、私に壊滅的に才能がないとみなされたということか？　これまで一度も思わなかった考えが初めて浮かび、でも今さら傷つかない。

私の頭に残ったのは途中までのノクターンと「プティのたまご」だけ。なんの役にも立たない。

なぜ、手の中に卵があるつもりで弾け、ではダメだったんだろう。「プティの」は、なんなんだ。

子供向けのおもちゃの鍵盤は小さく当然、私の手はかなりすぼまっていたが、その中にも卵は意識されている。

そして私の拙い腕でも、ノクターンはノクターンだ。料理を作るとき、特に心をこめずともレシピの手順にひたすら従いさえすればとりあえずその味になるように、機械的にでも、順番通りに鍵盤を鳴らせばその音楽になる。それはただの道理だ。道理だが、鳴らしながらかすかに励まされる。おかしいけど、励ましに近い気持ちだ。

「プティのたまご?」

「知らない?」

暗視モニターで寝室の様子をみながら二人で晩酌をする。

「……それはドラムの先生の言う、ラケットとボールみたいなものだな」

「なにそれ」夫はドラム教室の先生の、バドミントンラケットとテニスボールの話をした。ラケットを持った体で、ボールを押しつぶす手つきをしてみせる。

「楽器ごとに、あるんだねえ」

モニターの中で娘が寝返りをうつ気配。途端にスポーツみたいに二人、集中して画面をみる。もし起きたら大人の不在に気付いて大泣きする、その前に駆け付けるミッションになる。白黒画面の中の娘は起きることなく寝る姿勢に戻り、静止した。パンダの赤ちゃんをお母さんパンダが踏まないようカメラで見張ってる飼育員ってこんな感じだろうか。二人して中腰になっていたのを戻し、二人別々に息を吐いた。

7・四月十七日　俺

「消えそうで〜、みえそうな〜」コブクロの『蕾』を歌いながら俺は自転車を漕ぐ。保育園に娘を送る道すがら、適当な歌を口ずさんでいたら、癖になった。今日はプラスチックのバケツとスコップをカゴに放り込み、公園に向かっている。

「あなたを〜たららら〜らら〜」『蕾』の歌詞はうろ覚えだ。後部席に収まった娘はなにもいわない。鼻歌を煙たがっているのか。喜んで聴いているのか、表情を確認できないし、わざわざ自転車を停めて確認しない。

三十年前のフジカラー「写ルンです」のテレビCMで、デーモン閣下（当時はデーモンのあと人間の苗字を名乗っていたが、近年「閣下」とだけ名乗ることにしたらしく、俺はそれを尊重している）が鼻歌を歌うのがヒットした。顔は悪魔、服装はイトーヨーカドーで買いそろえたような「どこかのお父さん」の姿で、前部に女の子を乗せた自転車を漕ぎながら、ごきげんに「いい日旅立ち」を口ずさむ。今、俺、あのコマーシャルの状態だな。学生時代に特に好きだった憧れのミュージシャンだが、あんな風に派手な装束で歌ったりなんだり、到底真似できないとも思っていた。それが今、意外な形で「同じ」になっている。そんな風になりたかったわけでもないが、妙な感慨が湧く。

踏切に差し掛かると、娘は声をあげた。

「急いで、急いで」と。

「今日は渡らないよ」踏切を渡ると、いつもの保育園に向かう道。踏切の手前で左折すれば通称「陰気公園」に向かう。

彼女は、踏切に捕まっては大変だと思っている。

ある朝、踏切の手前で、幼児を乗せた電動自転車を中心とした行列ができた。朝は通勤電車の本数が多く、しばしば踏切に引っかかる。遮断機が下りて、進行方向を示すランプを列の皆がみつめた。→も←もともに点灯する。片方消えたと思ったら続く急行のため再び点灯。

遮断機があがるころには、徒歩の人も含め、けっこう長い行列になっていた。子を乗せた自転車の初動は重い。一台一台、順繰りに進む。踏切の向こうからも、保育園に子供を預け終えた親の自転車、別の保育施設に向かうであろう自転車、二人のうち一人を預け終え、まだもう一人を胸に抱えている親が、出勤の人群れと交ざり、こちらと行き交う。

ノロノロと列が進む途中、線路の真ん中で再び鐘が鳴りだした。焦るが、前がつかえているし、後ろにも戻りようがない。遮断機が下りきってしまうところを向かいの人が咄嗟に押さえてくれて、通り抜けることができた。

それほど逼迫していたわけではないのだが、おさな心にピンチだと思ったのだろう、あれから娘は踏切がくると「急いで、急いで」を繰り返す。泣き出したり怯えたりするほどのトラウマになっているのかと自転車を停めて確認したら、そういうわけでもなかった。むしろ、やや楽しんでいる気配もある。

それでも以後、踏切を無理に渡るまいという自覚は強固になった。

踏切の手前で曲がり、線路と並走していたら遠くで鐘が鳴り、電車が斜め後ろから追い抜いていった。

陰気公園はいうほど（というか、そもそも自分たちで勝手に名付けたのだが）陰気ではない。大きなひょうたん形の池を囲む形で、歩道は木々が茂っている。広場のベンチにはおじいさん達がたむろする。

さらに足を伸ばして隣の駅までいくと、最近になって作られた大きな公園があって、遊具やトイレなども新設でぴかぴかしていて、集う人々さえどこか活気がある。こちらは木々のうっそうと繁る気配もあいまって、比較で陰気公園と呼ぶようになった。

池のボート乗り場の脇の駐輪場に駐めて、娘を下ろす。すぐそば（ひょうたん池の、ひょうたんのくびれの脇）が広場だが、がらんとしていた。自分と同じくらいの親子が一組、歩き回っているだけ。木から木へ、幹の触り心地を順に試しているかのように動いている。

奥の滑り台まで歩くと、階段部分にも滑るところにも黄色いテープが巻いてあった。遊具からの感染を防ぐため、または混雑を防ぐため、使用禁止にしてあるのだ。「あれえ」間延びした言い方で驚いてみせる。ブランコは二つある座席が両方とも、上部の横柱に巻き付けてあった。

ディストピアだ。

今月すでに何度か心に浮かんだそのカタカナがどうしてもまた浮かんでしまう。予期していたことでもあったが、実際に遊べないように処置された現場をみると、さすがにうろたえた。トータス松本が歌う『みいつけた！』の曲が思い出された。番組のエンディングで、曲にあわせて活気ある子供たちの姿が画面に次々と映る。

あの子供たちは皆、ここからいなくなった。砂っぽい広場に立ち尽くすのは自分の娘だけ。

一方で、そんなディストピアには似合わない、ごまかしとか取り繕いの言葉を俺は懸命に——つまり急いで——掘り起こしていた。娘に放つための言葉だ。

「あれえ、なんだぁ、これ？」なにか視察にきてみたら、聞いていたのとぜんぜん違うぞ、という感じで。怒り出すことは確実であろう上司がまだ怒りを自覚する前の、キョトンとしているうちに、矛先をなんとか胡麻化して怒りそびれさせよう。というときのように姑息に頭を働かせていて、それは少なくともディストピアの只中にいるときの態度ではない。この場合、上司とは娘のこと。

「これじゃあ、ブランコできないねえ」また、間延びした言い方で、露骨に急ぎ足ではないが可能な限りさっさと通り過ぎる。

「できないねえ」バケツを手に、娘も反芻した。よかった。セーフ！

ブランコできなくて残念なわけだが、でもそれだけだ。語尾を伸ばしてのんきに言うのには、こっちのせいじゃない、ということのほかに「それだけだ」という含意がある。できないことが残念なだけ。こういう世界に暮らすことになってしまったことへの悲嘆は、含ませない。そんな悲嘆は、ないという風に。

砂場はテープで囲まれておらず、しかし無人だった。砂場での娘は無心になる。砂の入った四角いへりの石に腰をおろした。目を離してはいけないのだが、ついついスマートフォンなどみてしまう。持ってきたきかんしゃトーマスのバケツにはスコップのほか、トーマスの「型」が三つ付いている。娘の力では、まだ砂で型を抜くことはできない。ただの皿がわりだ。保育園からの連絡帳にも「砂場でケーキを作って渡してくれます」と書いてあったっけ。まだトンネルを掘ったり、水を含ませて固めたりは出来ない。育児の本には載っていなかったが、砂場での遊び方の熟練度合いにも段階があるようで、うちの子はそれもまたすこぶる典型的、平均的な成長ぶりに見受けられる。

「これは?」娘は青い型を手に取って説明を求めてきた。

「それはトーマス」

「じゃあ、これは?」緑のを手に取って訊く。

「それはパーシー」もう一つ、赤いのがある。当然それも訊かれる。青と緑も、前に教えたことはあるのだ。

「これは?」

「それが、分からないんですねえ」間延びした、今度は詠嘆混じりの声音になる。青はトーマス、緑はパーシー。もう一つの赤い機関車の型が、ネットで調べても分からない。いや、ディーゼル機関車であることは分かるし、赤いディーゼル機関車は『きかんしゃトーマス』の作中に何人(?)かいるが、こんな位置に顔がついているやつは、少なくともネット上では出てこない。伊坂幸太郎の小説に出てきた、きかんしゃトーマスマニアの殺し屋を思い出す。彼なら、一発で当ててくれる。

赤いのの正体が分からないことに対して、娘から特に抗議はない。皿の代わりに砂を載せている。彼なら、あの殺し屋なら、赤い型をまがいものとみなし、池に放って捨ててしまうかもしれない。

同い年くらいの子供を連れて母親らしき女性がやってきた。親同士、互いに会釈をする。先方はマスクをしており、未着用のこちらはうつむき気味になる（うつむいたとて、口元を覆うものがないのは一目瞭然なのだが）。

まだ子供同士、仲良く一緒に遊び出すということはない。めいめいに陣取った場所でそれぞれ寡黙にスコップを使っている。二者がもう少し近づいたら——スコップを取ったり取られたりの始まってしまう前に——なるたけ柔和な口調で「何歳ですか？」と問うつもりだったが、うちの子と十分に距離が取れていることで、とりあえず問題はないと判断したのだろう、先方もへりに腰掛けてスマートフォンをいじりはじめた。

こちらもスマートウォッチがメッセージの着信を告げる。「昼、ラーメンでいいよね？」と表示されている。

「そろそろ行こう。お母さんがごはん食べようって」

ごねるかと思ったら割とすぐに立ち上がってくれた。砂をはらい、尿意を尋ねる。ごねる分を計算にいれて早めに声をかけてしまったので、二人で池を歩くことにする。ひょうたんのくびれ近くに橋があるので、それを使えば半周で戻って来られる。

池の周囲は道が二重になっている。下の段は池に接しており落ちたら危ないので、上の歩道を歩く。対岸の、下段で男女が談笑しているのがみえる。若いカップルで、池の鴨が水紋をなびかせて遠ざかるのを二人でみやっている。

彼らに対し含むところはなにもないが、なんとなく俺は小声で呟いてみた。

「『へーイ、ユーガイズ、ゴーホーム、ゴーホーム……』しっしっと人払いする手つきも取り入れる。

「ゴーホーム、アンド、プレイ、ザ、プレイステーション！』」実際に放たれたのはイタリア語だろうが。俺は不意に市長になった。

「なーに？」娘が下から声をあげた。

「なんでもない、なんでもない」露骨にごまかすときの「なんでもない」の繰り返しは、娘もたまに真似をする。

橋を渡り、広場を通り過ぎるとき、さっきの砂場の母子がブランコの前で会話しているのをみかける。

「ねえ、どうしてだろうねえ」母親の言葉がそこだけ耳に入った。さっきの俺とまったく同じ、とぼけるときの抑揚だ。

8・四月二十日　私

夫の母親から宅配便が届く。呼び鈴が鳴った時点で娘はどたどたと音を立てた。娘は荷物が届くたび、自分に関わりのある中身かどうか探りに走ってくる。

仕事場の夫に開封してよいかを一応確認をとって、開けると入っていたのはロイズのチョコと、レコード盤くらいのサイズの硬くて薄いものがプチプチにくるまれていた。

「やったー」娘はチョコに目を輝かせる。梱包のプチプチも好きだから「あたり」だ。

薄いものを取り出すと、ああこれかと思う。これがコインカレンダーか。そうだ。送られてくるって言ってたっけ。

夫は娘のトイレトレーニングを始めるに際し、コインカレンダーを使うことを思いついた。夫曰く、それは薄べったいプラスチック製の器具で、上部のすき間からコインを落とすと蛇腹形の道をことんことんと滑り降りていく。透明で日付の記された盤面からコインの落ちる様子がみえて楽しく、お金が貯まるし、一日一枚と決めれば日付の確認にもなる。夫は別にカレンダーとして用いる必要はないという。

「トイレが成功するたびに五円とか十円を入れさせてあげる」それがモチベーションになって、トイレに座る癖がつくのではないか、と。

「なるほど、いいんじゃやない」私の返事は「本当はあまり賛成じゃない」わけでは決してなかったが、弾んでもいない、少しそっけないものになった。

それで夫はコインカレンダーを探し始めたが「いざ探すと、どこにも売ってない」と報告をよこした。

やっぱり。あらかじめそんな気がしていたのだ。私は三十九歳。彼より九歳下だ。みてきた文化に当然、ズレがある。そんなものを壁にかけている家はなかった。ましてや今は電子マネーが普及しており、小銭を貯めない人もたくさんいる。

「かつては銀行のノベルティなんかでもらったのが、どの家にもあったんだよ」あったんだけどなぁ。語る夫も、その口調には諦念が含まれていた。年をとると、似た何かが「あると思ったら滅んでいる」ことは何度か経験しているようで、だからもう「あれがないだなんて信じられない！」という驚きは、たぶんもう湧きあがらないのだ、と見受け、同情心から私は特にコメントをせずにおいた。

だが結局、彼はコインカレンダーをみつけた。実家で彼の母が買い求め、彼の家で使用していたコインカレンダーそのものが、まだあったのだ。物持ちのいい家だな。「かわいい」手に取って、声が出る。『トムとジェリー』ではないが、黄色い大きなチーズの端を、かわいいネズミがかじっているデザインでそのチーズの端からコインを入れる仕組みだ。チーズの穴とコインの丸とがデザインとして呼応している。八〇年代のファンシーグッズに特有の、かわいらしい色合いであり意匠だ。

夫の母にお礼のメッセージを送ることにして、送るためにメッセージアプリのトーク一覧から、夫と夫の母と私、三人の「グループ」を探り当てる。

そういえば、けっこう、久しぶりの送信になる。海外での悲惨なニュースや緊急事態宣言の発令が騒がれ出してからは、このグループは使われなかった。テレビ電話機能で孫の姿をみせて、近況報告もそのついでにすませていたから。

画面にはグループの直前のやり取りが表示される。[一緒に行けたほうが心強いので、前泊をお願いしてもよいですか]［ですよね、了解です］とあって、はっとする。そうだった。

本当には今時分、皆でハワイにいっているはずだったのだ。夫の割と大きな仕事が一段落したのが一月。二月に旅行代理店を回って見積もりをとった。その報告がスマホ画面のやり取りに連ねられている。田舎のお母さんと合流するに際し、成田に前泊してもらって一緒に発つか、田舎の空港から直接ハワイに来てもらって現地で合流するか、その確認をしていた。

その後、コロナウイルスが世界的なニュースになり、日本人が海外で暴言を浴びたりといった物騒な話題も出て来て、旅行は立ち消えになった。

立ち消えにしたところは、アプリでやり取りしなかった。苦渋の決断として夫が個人でメールしたか、電話でそうなった。だから、その前までのやり取りだけがここに残っている。

画面の中のお母さんと私たちのやり取りははなはだ事務的ながら、ワクワクした気配がある。私もお母さんも、旅行を楽しみにしていた。走った形のまま氷像になった『アナ雪』のアナ、またはもっと大げさに、水没した都市の、はるか昔の文明の宮殿の彫像が綺麗なまま立っているのを目撃したのに似た、不思議な寂しさを感じる。

アプリが別のメッセージを受信する。友人の久美からだ。

[マスクって買えた?]
[マスク買えた。液体せっけんがどこにもなくて]
[みかけたら買って送るね]
礼をいうキャラクターのスタンプを送信した。忘れていたが、そういえば久美は、今年の初めには「私、離婚するかも」と言っていた。スマホの画面上で少し指を動かせば、もちろん近過去のそのやり取りも出てくる。
これには水没都市のパルテノン神殿みたいな荘厳な想像は湧きあがらなかったが、でも同じだ。その後どう? とこちらも聞かないし、久美もなにも言わない。ハワイ旅行や、娘の未来に対する思案と同様、状況がすべて「静止」している。
気付けば娘がいない。二階の仕事部屋にいくと、キューブ型のテントの中でロイズの箱を抱えて「独り占めしてやる」という、ずるそうな顔で笑っていた。
テントの、丸くくり抜かれた入り口をのぞき込み、笑いかけ、娘の死角になっているところでわずかに嘆息を混じらせる。レフ板のように簡単に広がって自立するテントの簡便さは、『ドラゴンボール』に出てくるカプセル状の簡易住宅を思い出させる。
娘が笑顔で嬉しいということと別に、目論見通りに遊んでくれていることで「正解」

した感じで、そのことに大きな満足がある。だが、思った以上に部屋を圧迫するものでもあった。あらゆる静止した「現状」を可視化したらこれくらいの大きさ、と言われているようだ。

9・四月二十五日　俺

冷蔵庫を探る。ここのところ日中はずっと妻に娘をみてもらっている。平日と土日の境もなくなっていたが、それでも土日はなるべく料理当番になろうと、少し前に買った三玉入りの焼きそばの二玉作って余った一玉を探すが、ない。妻と娘は二階だ。

「焼きそばって食べたー?」

「こないだ二人で食べちゃった」声がふってくる。

「じゃあ、焼きそば以外にする?」

「いいよ、なんでも」いいよ、のトーンの能天気さをかんがみ額面通り、信じることにした。

四年前に結婚するまで、俺はほとんど自炊をしなかった。漫画家の夫になって初めて、なんだか急にやる気が出た。漫画家の〆切の修羅は物書きのそれの比ではない。鬼気迫る妻は髪が本当に逆立っていた。それを目の当たりにして、こんな俺の腕前の飯でも役に立てるのなら、と思えたのである。

漫画家の世界には「メシスタント」という言葉がある。いわゆるアシスタントだが、ベタ塗や背景を手伝うだけでなく、漫画家の賄いもこなす。漫画の工程は終盤になるほど「創作」から「工房」化するというか、作業の手を少しでも止めるとロスになる。俺の作ったレシピ通りの牛丼や生姜焼きを、「ダーリンありがと！」という風では全然なく、疲労した顔で「アザッス！」という感じの、労働の「現場」の人の様子でガツガツ食われ「感謝」され——それはもちろん、料理初心者の俺がめげないように「ノセて」くれているのだとしても——意欲が湧くようになった。

経験ゼロというわけではなく、二十年以上前の学生時代に少しだけ自炊を経験しており、そのとき以来だ。取り組むほど、過去との「照らし合わせ」が発生する。

薄くて軽いまな板（重ねて使えばいちいち洗わずに次の食材を切れる！）とか、なんならキャベツも千切りにできる幅広のピーラー、鍋の蓋をちょっと立てかけて置けるやつ、スティックタイプでアミノ酸無添加の顆粒だし。そういった、特に声高に喧伝されてこなかった小さなイノベーションの一つ一つに「ほほう」「これは！」などと声をあげている。

レシピをめくっても二十年前には書かれていないような文言が、たとえば「電子レンジで六分」とか平気で書いてる。

レンジでローップン！　目にしたとき裏声が出た。親が初めて電子レンジを買ったのは高校生の時だった。やっと、量販店で安価なものが出回り始めたのだ。ハンバーガーを入れてトースターのようにダイヤルを五分回したら、熱くて持てなかった。はじめ、それくらい分からなかったのだ。

大昔の、石斧でマンモス倒してる人のような電子レンジ体験だ。あたためなら一分、二分でよいものだと知って以後、自炊をしない者にとってレンジとは「一分間の付き合い」の道具だった。

どのマンションもアパートも気付けばブレーカーのアンペアがあがり、いつの間にか、レンジでじゃがいもに火なんか通して「いい」ことになったらしい。手で持てず、フォークでハンバーガーを食べて以来、設定することのない領域だと思って今日まで生きてきたな。

野菜室を覗きみる。キャベツと、少し前のピーマンも入れてしまおう。人参があったら細く切って、まさにレンジで温めただろう。

「じゃあ、足りないもの買ってくるね」そもそも、焼きそば一玉では三人分にならないから、どのみち買い出しは必要だった。

買い物と聞きつけて、娘がドタドタと階段を下りてくる。私も連れてけというわけだ。

「ついてきてもいいけど、お菓子は買わないからね……逆、そっちじゃない、こっち」見下ろして、靴を履くのに手を貸してやり、外に出るとちょうど向かいの細川さんの旦那さんに出くわした。犬の散歩で出てきたところだった。

「あ、コロネちゃんだ、コロネちゃーん！」すぐ近くなのに、はるか遠くに呼び掛けるような大声をあげ、娘は細川さんの連れた小型犬に駆け寄った。ちょっと驚くくらいの速足で。

コロネはもう老犬だそうで、たしかに動作が遅い。だが、娘に撫でられるのをまんざらでもなさそうに受け入れてくれる。

細川さんと世間話をする。マスクはなんとか確保できたが、液体石鹸がなくてとボヤくと

「まったく、日本はどうなるんでしょう」と大きなことを細川さんがいうのでつい

「アベノマスクなんてもらったところでねえ」と、細川さんが安倍政権の支持者かもしれないのに口にしてしまうが

「まったくです」と強い同意を得られ内心セーフ！　胸をなでおろした。

それから娘と二人、八百屋まで歩く。ドラム教室の前を通り過ぎるが、もちろんしまっている。歩きながら、テニスボールを押しつぶす、あの手つきをしてみる。空中だからブーラブラ。多分、一ヵ月かそれくらい先に教室が再開しても俺の手つきはグダグダだろう。でも、再開してくれればまだマシだ。

戻って焼きそばを作る。

豚バラを出刃包丁で切る。いっぱしのメシスタント気取りで炊事を旺盛にするようになって初めて知ったことの一つに、豚バラ肉と豚の切り落とし肉の違いがある。

学生時代、豚バラのバラを俺は「バラバラにした」肉だと思っており、だったら切り落としと同じで、味は同じようなもんだろうと決めつけていた。

バラは部位のことであり、少し高くてうまい。多くの人に自明すぎるだろう。俺のさまざまな無知に慣れている妻にも、さすがに呆れられた。

なんだか「ラッキー」と思う。うまさを知ったことがではない。二十代三十代のころは、そういう無知の露呈を恥ずかしく思ったろうが、五十に近くなるとどうでもいい。どうでもよくなってから知ったら、ただ嬉しいだけ。ラッキーだ。

このことについては、無知の理由も明瞭に分かる。若い頃のたまの自炊で、スーパーで肉のパックをカゴに入れるとき、自分のような者にはどうせ味の善し悪しなんて分からないのだから、一番安いのをと、つまり謙虚なつもりで選んでいた。その際、バラ肉やコマ切れと記載された名称をろくにみなかった。つまり、機会の回数がどれだけ多くても、自発的に肉を選んでいるうちは永遠に気付かなかった。結婚して、他者が指摘することで、なにかの輪から抜け出た。

妻もだ。編集者と初めてZoomで打ち合わせをするのが、声の通りが悪くてとボヤくのでマイクを貸し、パソコンのマイク端子に挿してねと教えたら、驚いた。マイク端子は妻の長年使用するノートパソコンの側面にずっと「あった」のだ。知る知らないに拘わらず、それは「あった」。

分かるというのは強い。知らなかったときは知らないゆえ、別に不幸ではないから、なんだろう、「得」しかしない。野菜を炒め、麵を投入する。それから少し前に用心深く開封して塩の瓶に立てかけておいた袋入りの粉末ソースをからめる。最後に揚げ玉を入れる（とうまい）のも妻から教わった。これも豚バラ肉と同じで「ようまい」のだが、こっちはラッキーとは思わない。なんでだろう、不思議だ。

皿を下げ、少しだけ残った用事を片付けに仕事場に出向く。ベランダで妻に抱っこされた娘に手をふり、自転車を漕いだ。

郵便物を開封し、メールの返事をしていると電話が鳴った。

月一で出演しているラジオ番組のディレクターからだ。出ると、声のトーンは憔悴したものだった。

俺は身構える。なにかシリアスな気配の電話はすべて訃報を予感させる。告げられたのは訃報に似て非なる、意外な言葉だった。

「番組パーソナリティのアカエさんがコロナにかかりました」

「あら」間延びした声が出てしまい、え、そうですか、とシリアスさを補塡するように問い直した。少し前、彼女の夫が感染したことは全国のニュースにもなっていたのに、なんだか彼女がかかると思ってなかった。

俺は先週彼女の番組に出演したばかりだが、定義上『濃厚接触者』には該当しない、ということだった。彼女自身は、熱があるが肺炎などは併発しておらず自宅にて療養中。番組ではこれを受け、スタッフ全員で検査を受けた。公式の発表は明日を予定している、彼女の復帰は早くても連休明け。そして俺の次回出演はリモートになるだろう、云々。

心配とねぎらいの言葉をかけて電話を切り、カレンダーに目をやった。日付を確認したとてなんの意味もないのだが。志村けんの訃報、自分のラジオ出演、保育園の休園、さまざまな日付を目で再確認したかったのだ。

それから、アカエさんの家のことを思う。アカエさんの子供はうちと同じ年、同じ月の生まれなので自然、親近感を抱いている。育児の本の記載の通りにかは分からないが足並みをそろえて同じタイミングで成長を見届け、同じ悩みに同じ時期に直面するのだ、と。

緊急事態宣言に伴う保育園の休園で、こちらに発生しているのと同じ「大変さ」が、そのままアカエさん宅にも発生しているに決まっている。そのうえでの発症とは。

しばらくパソコンで、コロナの潜伏期間などを調べていたが途中でやめ、エディタを立ち上げ、例の発表するあてのない小説の続きを俺は書き進めた。真面目にこんこんと取り組んでも、夜までにたった数行。断片のようなものだが、せめて真面目にしてみせるくらいしか、うちと相似のアカエさん宅で生じていることや、旺盛でない自分の寂しさや、今を覆っているさまざまな気分に処するやり方がない。

テキストを保存し、パソコンを閉じる前にツイッターの画面を出す。

ツイッターは最近、多くの人たちが不機嫌だ。ＰＣＲ検査の方法や、休業を余儀なくされた店舗への待遇の杜撰さ、アベノマスクなどに対して、大勢が一様に強い怒りを表明している。驚きの声も散見される。コロナが未曾有の災害で、震災のときとも勝手が違っていることへの驚きの声だ。それらに同意のつぶやきをしないが、気持ちは分かる。ツイッターというのは、自分が興味のある人、好きな人を「フォロー」して読むものだから、ある種の意見が多くて、ある種の言葉はほとんどみられないという状態になる。

でも、そういう主義主張の差異とも無関係に、案外誰も、つぶやいていない言葉があるなあと思い、俺はそれを入力した。

［かかりたくないなあ、コロナに］

皆、そうは思わないのかなあと、これは実際につぶやきながら。

帰宅すると駐輪場にシャボン玉が飛んできた。最初のうちシャボン玉と認識できなかった。ベランダから娘がシャボン玉を飛ばしているらしい。日暮れにシャボン玉はミスマッチだ。ずっとあれやこれやと娘の相手をし続けたのだろう、不在中の妻の苦労がしのばれた。振り向いて見上げれば、シャボン玉のパイプをくわえていたのは妻だった。

「お疲れさま」

「ただいま、お疲れさま」

「私も」

「？」

「私もかかりたくない」妻は再びシャボン玉を飛ばした。粒の細かいシャボン玉は街灯に照らされて、すぐに夕闇に吸い込まれていった。

10・四月二十八日　私

いつからだろう、踏切に差し掛かると娘は「急いで、急いで」を繰り返すようになった。踏切イコール危険という紐づけが、いつの間になされたのだろうか。「今日は渡らないよ」渡ればいつもの保育園に向かう道だ。休園して三週間、まだ一応、ここにきたら踏切を渡って園に通うという習慣を忘れていないのか。どうぞ忘れないでほしい。

園からは、ゴールデンウィーク明けも休園が延長される可能性について手紙が届いていた。ガッデム！　心の中で何度でも悪態をつく。

「今日は渡らない」今日は、に抑揚を——いずれまた、おまえは登園するのだ、終わらない夏休みはないのだということを——こめ、手前を左折する。

夫が「陰気公園」と名付けた池のある公園の中を通り抜け、隣の町の新しい公園に向かう予定だ。この公園は夫がいうほど陰気ではないが、トイレが古いし蚊も出るから、新しい公園を知ってから私はあまり利用しない。

「ねえ、お母さん」

「なに？」

「ここで『会った』んでしょう？」

「ん？　ああ、そうだよ」一年前にこの公園をジョギングしていて、私はリュウソウジャーに会った。特撮番組のロケに遭遇したのだ。

娘のために買った幼児向け雑誌にヒーローがたくさん載っていた。それを指して「私、リュウソウグリーンとブラックに会ったことあるんだよ」と自慢したのを、娘は覚えていたのだ。

「この、どこで会ったの？」

「ええとねえ、奥の方」自転車を一瞬停め、対岸を指さした。指さす方をすなおにみやる娘の横顔のその輪郭は、幼児らしい頰の膨らみ方でいつも見飽きない。

「……行ってみる？」不意に興が乗った。おしっこはさっきしたばかりだし、こないだ夫も池を半周させたといっていたから。

「行く」ボート乗り場の手前に自転車を停め、娘のヘルメットを脱がせる。行き先が変わっても問題はない。時間がつぶせればどこでもいいのだ。二人で池の周囲を歩いた。もちろん今歩いたからといって、ロケに遭遇できるわけはない。

五人の若者が五色の戦士に変身して悪と戦う特撮シリーズの『騎士竜戦隊リュウソウジャー』は三月に終わっており、今は『魔進戦隊キラメイジャー』だ。主演の子がコロナ陽性になったことが発表されて幸先が悪いが、ここまで番組としては先代のリュウソウジャーよりも面白い。前のは凝った設定が多く、全体に消化不良になってしまったきらいがある。

プリキュアや特撮ヒーローや、そういうの全般が好きなオタクの夫婦だから抵抗なくみているのではあるが、なんでも無条件に大好きということはない。作品ごとに、のれたりのれなかったりするし、そもそも、より大人のオタクに訴求している『仮面ライダー』のシリーズを我々は一切みていない。ライダーシリーズは日曜朝の、二つの番組に挟まれて放送しているのだから惰性でみてもいいのに、なんだかそうしない。

オタク的にコンテンツを掘り下げてというより、ただ二つの番組をぼんやり眺めている。どちらも（ライダーよりさらに）幼児向けだから、把握が楽なのだ。朝ドラを習慣でみるのと同じで、元気な若い役者や声優たちの声を聞き、ハツラツとした顔をみるだけで満足。

ハツラツなんて措辞が出てくるだけでもう、婆だな。

「ここ?」

「まだ、もうすぐだよ」

産後に落ちた体力を徐々に取り戻そうと、昨年のはじめにはスポーツジムに登録し、ジョギングシューズも新調した。保育園からほど近い公園なので——走っていたからとてなにを咎められることもないだろうが——人目を忍ぶようにサングラスをして走った。

ちょうど昨年の四月末だ。いつものようにこの池を走っていた。木々が密に茂った鬱蒼としたあたりで、普段見慣れない風体の人たちが道の脇に立っていた。広場でいつも談笑しているお爺さんたちとは違った団体だ。

なにかのテレビ撮影? 映画かな。

若い男に手で通行を制され、私は立ち止まらされた。

このとき私はスマートフォンでタイムを計っていた。健康管理のアプリで、距離や分数が自動登録され、グラフになって表示される。アプリのグラフを少しでもよくすることが、走るモチベーションだった。私はこのときガッデム！　と絶対に言わなかった、つもりだが、ええ？　という抗議の気配が漏れ出てしまったようだ。

「ランナー一人、通しまーす」と男が私ではなく口元のインカムに告げた。私を制した手で今度はどうぞと促される。そっちの都合で制止させられ、今度は急がなければいけないムードになったことに、私は憮然としながら土の道を走る。林の中にカメラが据えてあり、間違いなくなにかの撮影であることが分かった。

なんのロケだと思う間もなく、土の道の真ん中に見覚えのある、緑色のジャケットを着た若者が立ちはだかっていた。私に気付くとさっと体をどけた。

リュウソウグリーンだ！　私はもちろん驚いたが、ランナーが一人くる連絡が彼には伝わっていなかったのか、リュウソウグリーンもまた驚いた顔をしていた（気がする）。思わず走りながらサングラスをあげ、振り向いて確認してしまった。道の先にはリュウソウブラック役の若者が、やはりテレビでみるのと同じ服装で佇んでいた（特撮ドラマの主人公たちは、子供らに見分けがつきやすいようにか、ヒーローに変身していないときの私服も常に同じものを着用しつづけており、それは必ず、変身時と同色だ）。

え、え。私はなおも振り返りながらロケ現場を通り抜けた。レフ板やなにかの機材をもった男たちが大勢、私が通り過ぎるのを見送った。彼らに迷惑のかからないだろうあたりまできて、私は息をつき、走るのをやめ、スマートフォンのアプリも停止してしまった。もう今日はジョギングどころじゃないや。後れてやってきたミーハーな喜びに支配され、夫に興奮のメッセージを送った。

木々に覆われたあたりで娘に「ここ」と告げる。もちろん今、彼らはそこにいない。娘は神妙にしている。ここで天狗にあったんだといわれたら、私もそんな顔をするだろう。疑っているわけではないが、あからさまに驚きもしない。

だけど、ドラマのロケに遭遇したんだよ、というのと、リュウソウジャーに会ったんだよ、というのとにははっきり違いがある。後者はサンタを信じさせようとする行為と似ている。

ドラマのロケという説明は複雑で、娘の今の知能では分かりっこないし、それを信じさせるのはそれほど罪な嘘ではないし、そのほうが多少は楽しいだろう。その程度の判断で後者を選んでいるのである。

つまり、強く信じさせたいわけではない。だが、そういった気持ちと別に私には、役者じゃなくてリュウソウジャーに会ったんだという感覚がある。

足止めをされたとき、私は「ロケ現場」に遭遇した。でもそれから一人で走っていて、森の中で出し抜けに会ったのは。大きな傘で日焼けを避けていたり、折り畳みのチェアで台本を読んでいるのでなく、いつでも敵と渡り合えるように身構えた二人と、お互いに不意に会った。

テレビの中でみる彼らは、いつも人気のない場所にいる。早朝の臨海副都心とかステージのある公園とか。開園前の遊園地とか。発破のかけられる石切り場みたいなところはもちろん、このような、森のような山のような、どこだか分からない道にも。どこも、あまり人ばらいをしなくていい、光量は足りる、騒音の入らない場所だ。

彼らがそこにいがちなのは「撮影の都合」なのだが、どこか「習性」めいてもいる。

そんなところにしか「いない」若者が、本当にそんなところにいた。カメラが止まれば服を脱ぎ、その人ではなくなり、どこか雑踏に交じっていなくなることを私はもちろん分かっている。

だけど、私の走る先にそのときたしかに立って「いた」。

ミーハーな経験で「良く」思いたいだけではある。でも、異世界に一瞬だけ入って異世界の人と本当にすれ違ったんだというリアルな錯覚もあって、別に娘にも夫にもわかってもらえなくていいとも思っている。これは私一人に起きたことだ。せっかく遭遇したのに、地元が映る、その回の録画に失敗してしまった。そしてそれを私はあまり残念に思っていない。

「リュウソウジャーいないね」

「いないねえ」などと言い合い、池を半周したところで橋を渡ると駐輪場に戻る。抱っこをせがまずに半周しきった娘に成長を感じる。

11・五月三日　俺

娘がヨーグルトを食べながら『ヒーリングっど♥プリキュア』をみている。

娘はまだ、いろいろなことが分からない。虚心に座って、テレビの方を向いている。不憫だ。

娘がみているプリキュアは、二月に放送されたものの再放送だ。休園前の、保育園の下駄箱に置かれていた『映画プリキュア』最新作のチラシには「三月二十日公開」と印刷されていたが、この映画も当然、公開が延期された。

「残念だね」そう声をかけたが、娘は別にぜんぜん落ち込んでいない。映画館は好きだが、車でお出かけしてポップコーンを食べるのが楽しいのにすぎない。

そもそも、娘は同じ映像を繰り返し楽しむ。百円ショップで買い求めた『トムとジェリー』のDVDや『ピタゴラスイッチ』のブルーレイなど何度もみすぎて、盤面が手脂でベトベトになっている。ハードディスクに録りためた幼児向け番組もあり、気に入ったものは繰り返しみたいとせがむ。

そんなだから、今リアルタイムで放送しているプリキュアが三ヵ月前と同じ内容であっても、それがイレギュラーなことという把握が生じない。

妻は二階で寝ている。コーヒーメーカーに豆をセットし、食パンをトースターに入れる。

再放送だから本編の内容は同じだが、録画したものと違ってコマーシャルは当時と異なっている。ランドセルのCMは二月にはなかった（五月にランドセルを宣伝するのはなぜだろう、いつも不思議なのだが分からない）。

『ドラえもん』の映画のCMは「近日公開」を謳うようになっていた。マクドナルドのハッピーセットでもらえる玩具も、二月のものではない。

「野菜もしっかり食べよう」朝の児童向けの時間帯のマクドナルドのCMは、必ず最後にそういう。「ファストフードが体に悪い」という自身への批判を自覚し、それを打ち消すためのフレーズだ。打ち消すどころか、ファストフードばかりだと体に悪いぞ、ちゃんとしろよ、と怒っている気配さえある。どの口が、と思う。

パンとヨーグルトだけですませる気はなかったが「はあい」とCMに不満げな返事をして、冷蔵庫の下段からトマトときゅうりを取り出す。

娘はCMも、続く本編（再放送）もボーッとみているだけ。

俺の心に湧き上がる不憫な気持ちは、娘に対してではない、アニメそのものに向けられている。

制作現場は混乱しているに決まっているし、作り手は忸怩たる思いだろう。

緊急事態宣言が発令され、アニメ制作現場も「密」になるから自宅待機となると実質、作業できないということらしい。どれくらい先行して制作していたのだろう、四月十九日の第十二話まで放送して、さてどうすると思ったら、ダイジェストとか再編集でない、安直に第一話から順繰りに放送している。どうするもなにも、そうするしかなかったのだ。

痛々しい。題名に「ヒーリング」という言葉が入っていることからも分かる通り、今年度のプリキュアは「病気の治療」がモチーフだ。ヒロインの花寺のどかは幼少時、長期入院していたという設定だ。地球を蝕み病気にせんとする組織、ビョーゲンズと戦う。

例年、パティシエだったり、子育てがモチーフだったり、その年ごとのテーマがあるのが「プリキュア」シリーズの特色だが、それが今年はよりによって、である。なぜ疫病蔓延の年に、お医者さんモチーフを選んでしまったのか。これから強大なビョーゲンズを調子よくやっつけてみせても、現実と照らしたときに白々しい。かといってビョーゲンズに負けてしまう筋にできるわけがない。

なんだか、アニメと目を合わせられない。

男児向けの『魔進戦隊キラメイジャー』は主演のレッド役の子が三月末にコロナウイルス陽性となったが、それまでに撮りためていた分がまだあるらしい。

Eテレの録画は娘のためだが、朝の○○レンジャーとプリキュアに関しては、親の趣味だ。ＮＨＫの朝ドラはみたりみなかったりだが、それら二つは、子供が生まれる前から当たり前のように定期録画している（放送が、日曜朝の同じ時間帯でずっと変わらないので、録画リストには三つ前くらいの番組名で予約がセットされたままだ）。夫婦とも（出会う前からそれぞれの人生で）漫画やアニメやゲームに親しんで中年になった。

幼児向けで把握が楽だから、特にその二つをみているのだが、やはりオタクでもある。妻はプリキュアのキャラクターデザインのわずかな差異もみてとっており、先々代の『ＨＵＧっと！プリキュア』のときは精巧なフィギュアも買い揃えた。先代と今回のデザインは好みと違うようで「買わない」のだそうだ。長寿アニメで、年ごとに新たなシリーズに変わるから、一年ごとに変化があるし、微差とマンネリとを同時に繰り返し味わうことにもなる。

どのプリキュアも、開始当初は作画もしっかりしていて筋も練られているが、一年の中盤あたりから息切れがみられる。静止画が多用されたり、画面からモブが減っていく。最初に披露された盛り込みすぎの設定も、あまり消化しきれないまま終盤の巨悪との戦いに向かうことが多い。もっと丁寧に、頑張りすぎず、などと（スポーツの応援みたいに）念じながら観始めた今度の『ヒーリングっど♥プリキュア』だが、たとえ緊急事態宣言が終わって制作が再開されたとて、リカバーは困難に見受けられる。

まあ、番組のメインのターゲットではない、我々のような「大きなお友達」が勝手に気を回して同情したりしても、作り手は嬉しくないだろうが。

「野菜もしっかり食べよう」さっきのコマーシャルの口調を真似して、トマトときゅうりを切ってドレッシングをかけただけのサラダを卓に出す。三日月形に切ったトマトの列はなんともぶっきらぼうというか、学生時代からの「たまの自炊」で切ったのと同じ姿だ。あのころと中年・子育て中の今とで、料理の技量がさしてあがっていないことを示している。

いいんだ。子の喉につまらなければ。プチトマトのときも（ときこそ、というべきか。丸呑みしやすいサイズなので）必ず半分に切るようにしている。パンへのバター塗りを終え、娘のと二つ、皿ごと運び着席する。

既に筋を知っているプリキュアの続きを眺める。第二話だから、二人目の青いプリキュア、キュアフォンテーヌが誕生することになるんだったか。毎話毎話、ルーティンがある。主人公たちがプリキュアに変身し、必殺技が炸裂し、敵のメガビョーゲンが浄化されるとプリキュアは余裕の表情で決め台詞を述べる。

「お大事に」と。痛々しい。

娘はトマトを全て食べ、次はきゅうりをせっせと口に詰めている。最後、パンだけ齧るのは味気ないだろう。三角食べという概念が、彼女には育たない。

「野菜『も』しっかり食べよう、だよ。野菜『を』じゃないよ、ねえ、君、分かる？」

「わかんない」自分のことを「きみ」と呼ばれたのが面白かったらしい、娘はにやりとした。

画面に流れた「次回予告」は第三話のもの。番組の終わりにはプリキュアたちが手洗いの励行を呼び掛けた。これは本放送にはなかったものだ。

録画を停止させると、放送中（で、目下録画中）の「キラメイジャー」が映し出された。なんたらプリキュア→仮面ライダーなんたら→戦隊なんたらジャーと続くのが日曜朝の5チャンネルの通例。仮面ライダーだけは話が複雑なのでハマらず、より幼児向けのものが寝ぼけた頭にも入ってきやすい。

若い役者がハツラツとしているだけでいいんだ、と妻は年寄みたいなことを言っていた。

「おはよう」だるそうな声音で妻が起きてきた。

「おはよう」

「今日はどうする？」先月末、彼女に割と点数のあるイラストの仕事がきて、専業主婦は一ヵ月で終わりを告げた。娘の面倒を交互にみなければ、互いに仕事ができない。一日交代でなく半日交代としてみたが、これまでどうにもハカがゆかぬ。

「なんかさ。今、半日ずつでやってるじゃん」質問の答えの代わりを口にする。

「うん」

「でも、一日相手したのと同じくらいに疲れるよね」

「そう！」妻は自分の分のパンをトースターに入れて、コーヒーを注いだ。同意の強さに驚く。

驚くが、なにも変わらない。半日か一日か交代で、とにかく「みる」しかないのだ。

「まあ、あれだ。今日は仕事場に連れて行ってみるかな」

妻はまな板の上の残りのトマトを自分の分と察し、トーストと一緒に皿にのせてきた。それから三人で録画の『キラメイジャー』をみる。先代の『騎士竜戦隊リュウソウジャー』も決して暗い筋ではなかったが、今年のはさらに輪をかけて明るい。ブルーは人気俳優、イエローはeスポーツのチャンピオン、グリーンは短距離走のホープ、ピンクは天才医師。さまざまな世界で「きらめいている」異能の持ち主が脇を固め、センターを務めるレッドはいっけんフツーの男子高校生。リーダーが君臨するのではない、むしろ年少のリーダーを助け、持ち上げながら連帯して悪と戦うのが「今風」だ。コンプレックスや、厳しい修行というものをドラマに持ち込まない。ハラスメントなき時代の作劇は、常に楽しそう。

俺は子供のころにみた『ウルトラマンレオ』を思い出した。物語中盤、苛烈な修行をする主人公のおおとりゲンに、上司のモロボシ・ダンがジープで突っ込んでいく。

「よけるなっ、ゲン！」叫ぶダン。

いやいや、よけるよ！　まだ「ツッコミ」という言葉も知らなかったころに思わず漏れた、呆れ混じりの驚きを今も思い出す。そういったしごき、パワハラを抜きにしてもだ。俺の子供のころの『デンジマン』も『バイオマン』も、もっとぜんぜんシリアスで、垢ぬけないものだった。

　今の特撮は、あれよりはるかにテンポがいい。カメラの動きも殺陣も速くて軽快だ。そして皆、綺麗。

「そういえば、善財さんにZoom呑みに誘われたよ、十八日」

「お」巷で話題の言葉だ。善財さんは去年まで毎年、花見を主催してくれていた。

「やっと我々も巷間に響き渡る『Zoom呑み』ができるのか」

「あなた、何度もしてるじゃん」

「あれは打ち合わせだよ」少し前から俳句の同人誌作りのため、Zoomという仕組みを使うようになっていた。

「でも、飲んでるじゃん」

「そうだけど、Zoomやって、お酒飲んだら全部『Zoom呑み』かい？」もっとこう、誘い誘われ、ウキウキするもんじゃないのか。

「おしっこ」割り込んできた子の声に二人、すわと立ち上がる。

　急げ急げと、三人でおしっこが満たされた器を運ぶような、ソワソワした足取りでトイレに向かう。先行した妻が機敏にトイレに入り、床置きされた幼児用便座を取り付け、俺はトイレの前でさっと娘のズボンとオムツを脱がす。もう何度か繰り返しており、我々は訓練されたドライバーと整備士のようだ。

オレンジ色の幼児用便座の両脇の突起を強く握り、トイレの壁に取り付けられた黄色いコインカレンダーを睨みつけながら、おしっこを出す。妻はそっと居間に戻る。カレンダーに入れる十円玉を取ってくるのだ。

12・五月四日　私

緊急事態宣言は五月いっぱいまで延長された。休園継続の知らせが届く。予期していたことではあるが、眉間にシワが寄るのが自分でも分かる。

同じ園に通わせているママ友のグループに新たなメッセージが寄せられた。

［関町公園に不審者情報］［子供に当たり散らす、鉄の棒を持った男が目撃されている］と書かれている。

［えー、陰気公園で？］と書きかけてしまい、消す。

［鉄の棒の男、北町公園でも目撃されてるって］新たなメッセージが別のママ友から

も。情報自体は怖いが、文字が続々と積みあがる様に頼もしさを感じる。不織布の使い捨てマスクを入手できたこともだが、愚痴の吐露よりもむしろ、実用的な連絡手段になっている。

北町公園といえば、ちょうど夫が時間つぶしに娘と向かったところだ。すぐにメッセージを送る。

［ママ友からの情報で、そっちの公園近辺で不審者を目撃したって］男の特徴を書き写そうとして、やめて、ママ友とのグループ会話を「スクショ」して送信した。

「既読」はすぐにはつかない。

部屋に掃除機をかけ、洗濯機を回す。郵便受けから新聞を取り出す。「アベノマスク」はまだ届かない。

マグカップから紅茶の紐を垂らして、テーブルで朝刊を広げる。最近はほとんどチラシが入らなくなっていたが、今日は一枚。こんな時世に折り込みチラシで訴求できる、どんな物品があるというのだろう。

読めばそれは新聞販売所からのもので、なんだと思う。朝日、毎日、日経、AERA、朝日小学生新聞……購読できる雑誌や新聞の一覧が表になって掲載されているのに続き、店主からのメッセージが記されていた。

曰く「コロナ禍にあっても新聞の購読は決して減ってはいないが、さまざまな店舗の休業により、折り込みチラシによる収入が著しく減ってしまった。このままでは当販売所は立ち行かなくなってしまう。どうか皆さん、短期間でよいので、普段購読しているのと別のものを購読してはもらえないか……」云々。

「ふうむ」飲食店やライブハウスの苦境は報じられていて、もちろん他あらゆる業種が苦しいのだろうと思っていたが、こういう直の訴えは初めてだ。なんとかしてあげたいが。表をみるが、読みたいものがない。

雑誌それ自体、広告収入が減ったと編集者が嘆いていた。こんなときでもイラストの仕事はきたが、我々の先行きだって分からない。

二度目の洗濯機を回し、夫からのメッセージを受信する。

[分かった。鉄の棒を持たないように気を付ける] ちがう！　おまえが疑われるって話をしてるんじゃない。ボケているのだとはもちろん分かるが。

いや、でも、疑われるかもなあ。娘がそばにいないと即、不審者じゃないか。

13・同日　俺

妻からのメッセージを読むや俺は手に持っていた木の棒を放り捨てた。

北町公園の「途中まで登れる木」のそばで娘が拾ったので、自分もなんとなく拾っていた木の棒だ。妻に返信を送って、それは必ず冗談と解されると分かっていたものの、本気でもあった。もし、いい感じに錆びたかっこいい鉄の棒が落ちていたら、ついつい手にしていたかも。

娘が（木の）棒を振り回したまま歩くのに続く。そういえば、さっき通り過ぎた親子連れのお母さんが俺の手元をうろんげにみつめていた気がしたのだったが、あのとき、あのお母さんのスマートフォンにも届いたのかもしれない。「鉄の棒の男」に対するエマージェンシーが。マスクをしていたから、彼女が娘と同じ保育園のママ友かどうかは分からない。

でも、そんな情報は一部の「ママ友」だけで留まるはずがない、もっと広く拡散するだろう。妻から俺への発信だって、その一つだった。俺はこの公園を巡る大勢の人々に連帯が機能していることを感じ取る。

娘は前を歩いており、そののしのしと迷いのない歩みは、少なくとも彼女が「連帯」の外側にいることを伝えてきた。

「じゃあ、次は『あーの場所』に行こうか」

うん、といったのか、無言のままか分からないが、歩くのはやめない。今日は砂場の用意をしてこなかったので「途中まで登れる木」でお店屋さんごっこをしたら、「あーの場所」にいって、あと特にすることがない。この公園もう、滑り台とブランコの周囲にはテープが巻かれ終えている（ブランコの座席をぐるぐる巻きにするところを俺はみてみたい。刺股を使うんだろうか）。

少し歩くと小高い丘に東屋のような、屋根と柱だけの丸い建造物がある。登っていって中に入るとそこでは音が反響する。誰もが手を叩いたり、アー！と叫んだりして反響をたしかめる。それで「あーの場所」。東屋には道から続く階段があるが、石で組まれた周囲を登っていってもよい。娘は石の方を登りたがるので、自分の足腰を気遣いながらあとに続くことになる。子供と公園で遊んでいる最中、滑り台の滑り台部分を登ろうとしてアキレス腱を切った編集者を知っている。

東屋には先客がいた。足の細い少年がやはりパンパンと手を叩いている。叩くとすぐに駆け下りていった。まあ、誰もがすぐに飽きる。響くのは気持ちよいとはいえ、ただそれだけだから、飽きるのも当然だ。

それでも必ず、この公園にくると俺と娘は必ず「あーの場所」に行って、あーと声を出し、手を叩く。なにが起こるか分かっているのに。

「あー」を終え、階段を下りて、自転車を停めた場所に向かう。さっきから、どこかで街宣車のようなものが周囲を走って、スピーカーを通してなにかいっている。チリ紙交換ではないし、選挙カーでもない。なんだろう。

娘は「こっち」と、遠回りなルートを進みたがる。通称（といっても俺一人で呼んでいるのだが）「中華の道」だ。別に、横浜中華街のような青龍、ラーメンといった色彩ではないのだが、低い塀と低木、笹の茂った周囲が、老子と高弟が歩きながら問答をしてそうなムードの一帯だ。突然、三節棍や鎖鎌を携えた賊に囲まれそうな、というか。塀の低さも、賊が上からも襲ってきそうな感じを醸し出している。ここに限らず公園って、どういう意図か分からずにある物が多い。娘はこの道の入り口と出口が大きな円形（それも中国のなにかの映像で見覚えがある）なのが面白くて好きなのだ。

「あーの場所」と違って「中華の道」という呼称について理解を得るためには事前に見知っているべきことが多すぎて、娘には説明を省いている。

出口の方から親子連れが歩いてくる。お父さんが手に鉄の棒のような黒光りするものを持っていて、思わず手先を凝視してしまう。棒にしてはずいぶん太い、棍棒か金棒……あ、サーモスか。

子供は掛け声をあげて走り抜け、お父さんとはこんにちはと挨拶を交わす。一瞬でも身構えてしまった失礼を心中で詫び、ちょっと笑いそうになる。さっきのお父さんは「鉄の棒を持った男」のイメージから程遠い、少しくたびれた、人の良さそうなおじさんだ。「鉄の棒の男」と呼称されるならば、もっとこう、ダークな感じがほしい。

砂地にわざと棒の柄をつけ、ザリザリと音を立て、轍を作りながら近づいてくる、不穏な笑みを浮かべた長身、やせ型、ロングコートの男……そういう、アニメやなにかに出てくる、そんな感じだ。

丸い出口を抜けて広場に出る。サッカーボールを蹴る少年たちの威勢がいいので、娘と手をつないで端を歩く。公園は混んできた。各家庭、昼食を食べさせ終えたのだろう。いるのはほぼすべて子供連れだ、鉄の棒を持った男は見当たらない。虫取り網や、木の棒を持った子供はいる。うちの子も、と思ったらいつの間にか棒は捨てていた。

滑り台もブランコも使用禁止になっているが、皆、それでもかまわない。大人たちと言葉を交わすことはないのに、語り合わずとも皆が皆の気持ちを心底理解しあっている。さっき中華の道で行き合ったお父さんからも（多分、互いに）感じ取った。この――子供という――無駄なエネルギーの塊どもを、とにかく昼のうちに少しでも動き回らせる必要がある。それは要であり急だ、と。

着いたころより風が強く、砂埃が広場の遠くから迫ってくるのがみえ、しばしば娘の目を保護するために体で覆った。

さっきから街宣車のスピーカーを通したような音声が聞こえていたが、不意になにを言っているか明瞭に聞き取れた。気付けば車が公園の入り口に停車していた。

「こちらは、市役所です。ただいま、都内に緊急事態宣言が発令されております。新型コロナウイルスの、感染拡大防止のため、呼び掛けています。密集は危険です。公園を利用せず、どうぞすみやかにお帰りくださいますようお願いします。ステイホームにご協力をお願いします」丁重な女性のゆっくりしたアナウンスで、ひたすら公園から帰れと繰り返している。

誰も、耳を貸さない。公園には公園の喧騒があって、車も車で動かない。アナウンスは喧噪に上乗せされる。

不要不急の外出を控えないからといって我々を「しょっぴく」ことはできないし、しないが、「言う」は言うのだ。

俺は円形のベンチに腰を下ろしてから、次にまた砂埃が飛んできても背中で受けられるであろう位置まで円を移動して、ポップキャンディを取り出して娘に与えた。自分は水筒のコーヒーを飲んだ。

アナウンスして回る仕事に対し、俺は同情した。ウグイス嬢が生で定型文を繰り返しているのか、録音のリピートなのか、聞いていても判別できないが、ウグイス嬢だとしたら余計にかわいそうだな。

同情はするけど、それだけだ。俺だけでない、誰一人帰らない。むしろ公園にいる大勢の大人たちからは呆れや怒りの気配さえ感じる。我々の無言の連帯は一瞬で生じたものだが、強固である。

録音にしろ、生声にしろ、市長がじきじきに来てくれてるわけじゃないもんなあ。

市長だったらな、と思いつく。イタリアでは市長がじかに見回って怒っていたんだぜ。

別に、本当に市長にそれをしてほしいわけではないし、しないから怠慢なんて全然思わない。でも、ポップキャンディを口にくわえた若者みたいな、人をなめきった気持ちに束の間なる。

「それ、うまい？」

「うん」

「それ食べたら、お父さんの仕事場にいこうか」

「ゲームするの？」

「そうだよ」中年男性に鉄の棒はどうだか分からないが、幼児には飴の棒が似合うなと実感を深める。

「ゲーム、持って帰ろう」仕事場には昔のプレイステーションが置いてある。アナウンスが意固地に続く中、晴天の空高くにつがいの小鳥が舞った。揚げ雲雀と俺は決めつけた。

14・五月六日　私

台所の鍋の蓋置きに立てかけたスマートフォンで、夫のラジオ生出演を見守っている。

「ほら、お父さんだよ」

「ほんとうだ」最初だけ娘も不思議そうに聴き入っていたが、すぐに飽きてしまった。おやつを食べながら『トムとジェリー』をみている。

パーソナリティのアカエさんがコロナ療養中で、別の人の司会だ。そもそも夫は喋るプロではないのに、さらに今回は慣れない電話出演で、初めて喋る相手で、明らかにてんぱっている。オススメ漫画を紹介する役割だが、そもそもこれが難しい。ラジオで漫画の紹介って！

「ほら、ここのコマみてくださいよ、最高でしょう?」では、リスナーに伝わらない。どのように伝えるか思案し、漫画は付箋でいっぱいになるし、出番の前日から緊張しているのを横目にしているうち、こっちまで緊張する。

もっと落ち着いて。早口を抑えて。相手の相槌ももっと拾って。セコンドのように手に汗を握る。ＣＭに行く時間をまるで考慮せず、オススメ漫画の情報をまだ盛り込もうと夫は必死だ。

「なるほど分かりました、ありがとうございます」代打のパーソナリティに、体よくまとめられてしまった。

漫画家は、物語や台詞を考えるとき以外の多くの工程が、下書きにしろペン入れにしろ、デジタル処理にしろ、すべて「作業」だ。対するに物書きは、たぶんずっと「表現」で、作業はない。

だからそもそも夫は普段あまりラジオを聴かない。私は逆だ。作業をしながらラジオを聴いている。出演しているのは彼だが、そのラジオのファンは私だ。馴染みのラジオに夫が闖入しているというのは妙な感じで、あなたのでなく私のラジオなんだから、もっとうまくやってくれよと歯がゆい気持ちも正直ある。

今日の代役のアナウンサーは、興味のない話題のときに無理して膨らませない人だが、今日は特に塩対応だった。夫も運が悪かった。

「それでは、また来月！」まあ、放送事故とか深刻な失敗はなかっただけで大いにほっとして、スマートフォンのアプリを停止させる。保育園の休園以来、久々にラジオを聴いたことにも気付く。

しばらく専業主婦のつもりでいたが、イラスト仕事も入ったし、漫画も、長い付き合いの編集者と組んで、新たに大手雑誌のコンペに挑むことになった。今月は連休明けから夫と交代で娘を世話して、本格的に仕事に復帰することになる。

「アハハーハァ」ジェリーを追いかけていたトムが勢い余ってドアにぶち当たる、いつもと同じ場面で同じ笑い声。

「ハサミでチョキンだめなんだよねえ」

「そうだよ、ダイナマイトもダメよ」私は台所のスツールに腰かけ、夫が持ち帰ったプレイステーション2の蓋を開け『サクラ大戦3〜巴里は燃えているか〜』のディスクを入れた。

少し前、夫が仕事場（兼・趣味の物置）から持ち帰ってきたものだ。

「なんでまた」

「うん。市長が言ってたから」

「市長……ああ」イタリアのあれか。

「『家でプレステしてろ』！」あのニュースはたしかに面白かったけど、夫にはずいぶんウケたんだな。

「あれって市長だっけ。知事じゃなかったっけ」

「どうだろ。しかし『昔の』で遊んでろとは言ってないよね、市長」市長だか知事だかがいったのは、めいめいの家に「今」あるゲームで遊んでろという意味であろう。別にニンテンドーのでもパソコンでも、なんでもよかったはずだ。

「なんであれが『響く』かっていうとさ」コンセントに接続し、いそいそと起動させながら夫は見解を述べた。

「市長って、ゲームの中にも出てくるから。『シムシティ』で」

「なるほど」とつい流れで言ってしまった。ん？　なるほどか？　たしかに市長になって街をつくるゲームがかつてヒットした。ボタン一つで宅地を作ったり、道路を敷いたり、空き地にしたりだ。住民の不満を吸い上げ、レイアウトを考え、予算と相談して公園を拡充する。

現実のイタリアの市長が浜辺を見回りしていた場面もゲームっぽく思えてきて、

やっと合点がいく。プレイヤーが上空から浜辺を眺め、小さな若者をわざわざ矢印でクリックして、退場させたのだ。

夫のプレイステーションは私の人生で見慣れた、悪の企業の巨大ビルみたいな形ではない。後期に販売された超小型、薄型のもので、さらに専用のモニターがくっついていて——電池式ではないから電源コンセントこそ必要なものの——居間のテレビに接続しなくても、どこでも遊ぶことができるようになっていた。うわぁ、と思う。ドン引き（ネガティブな評価）ではないが、なんだか相当だぞ、と。

携帯型のゲーム機ではない、据え置き型（という名称であってるだろうか）のゲーム機に「モニター」をつけているのは、相当なゲーマーだ。そんな物品は、ヨドバシカメラなんかの、テレビ売り場でも、ゲーム売り場でもみたことない。

これ、秋葉原？　と出所を訊ねたら「ロス」と即答された。当時、ゲーム雑誌で連載を持っており、ロスで年一で開催される大規模なゲーム見本市に取材に行った際に、現地でドルで買ったそうだ。ちょっとドヤ顔だったのはともかく、彼がこれまでの人生でいろんなことをしてきたのだなと素朴に感心した。ラジオにも、彼の過去のさまざまな仕事から引き続いての縁があって呼ばれているのだ。

プレイステーション2という物体に、彼の過去が付随している。

『サクラ大戦3』は私が遊びたいとリクエストしたらそれは持っていなかったらしく、中古を通販で買ってくれた。実際には遊びたいのではなく、みたかった。オープニングの数分間のアニメーションをプロダクションI.Gが手掛けており、名アニメであると評判だったのだ。

コントローラーのコードが異様に長い。この時代はまだ、ワイヤレスは主流ではなかった。ブラウン管の分厚いテレビの台の下から、コタツやテーブルを超える必要があったのだな。

シャコシャコというディスクの回転音に続き、オープニングが始まる。

おぉ。コマ数の多い丁寧な作りで華やかなアニメーションに見惚れていると、娘がなにか面白いことの気配を嗅ぎつけて覗きにやってきた。台所に置いていたゲーム機を、娘の視線まで下ろしてやろうと持ち上げるが、みせまいと遠ざけられたと勘違いし、私の太ももによりかかったまま必死に背伸びし、手も伸ばした。

「あ」その手首を私はつかむ。手の甲の付け根がガサガサじゃないか。皮膚科にいって、ボアラをもらわないと。保育園が休みになってからゴールデンウィークが有名無実化していたが、病院は暦通りのはず。明日は混雑しそう。

みーせーて、みせてよ、娘は私の片手に水平に持たれたプレイステーションを奪い取ろうとする。すごい力だ。

15・五月十日　俺

交代制になっても暮らし方はあまり変わらない。昼前までなんとなく過ごし、十一時からの三時間を前半戦、遅い昼食をとってからの三時間を後半戦として娘の相手を交代し、二人とも仕事をするルールになった。フルタイムで園に預けられるときと比べると少ない時間だが、仕方ない。寝かしつけは一日交代。

仕事場の近所の「陰気ってほどでもないが静かな公園」に連れていく。アシカとオットセイ（あるいはもしかしたら小さいアシカと大きなアシカ）がのばした首を互いにくっつけあった形の、二人乗りのシーソーのような遊具があった。テープが貼られていないので、娘の駆け寄ってまたがるに任せた。テープが剝がれたのか誰かが剝がしたのかは分からない。アシカ側に娘が乗り、それだけでは動かない。オットセイ側に俺が乗る。それでゆらゆらと動く。

「待てー!」つい掛け声をあげたが、間違えた。「待てー!」は、一人乗りの遊具が二つ並んでいるとき(よくある)、追走劇を想定していう掛け声だ。今は向かい合わせなのだ。

まるで構わないらしく、娘ははしゃいで遊具を揺らした。いいのか、それで。

やがて同い年くらいの子供と母親らしき女性がやって来た。なんとなく、オットセイを下りて譲ったら、子供は迷わず最短距離で近づいてきた。二人の力では遊具が動かないだろう、俺は手を添えて揺らしてやった。子供二人のはしゃぎ声がそろう。あら、よかったねえ。お母さんが目を細め、俺には会釈をした。

遊具を下りた幼い二人、気付けばきゃっきゃと追いかけっこを始めた。いやはや、微笑ましいものですな、みたいな眼差しで母親をみる。マスク越しだが母親も同様の眼差しと分かる。

「何歳ですか」さすがに「いやはや、微笑ましいものですな」などとは発話しない。

「三歳です」

「あ、うちはもうすぐです」

「かわいいですねえ」公園で出会ったどこかの親との、テンプレート化したやり取り。

「いやー、落ち着きがなくて、でも男の子はもっと大変でしょう」同世代の男児のエネルギーのすさまじさは、ほうぼうで聞かされる。

「あ、うちの子、女の子なんです」

「あ、へえ、『ボクっ娘』ですか」と、これはつい発話してしまった。着ている服のムードと、ぶっきらぼうでませた物言いから、男子と疑わなかったが、今はそういう時代ではないのだった。それに「ボクっ娘」はオタク用語だ。

「かわいい服とか、ぜんぜん着たがらなくて」

「うちは逆で、典型的で。最近、ピンクに目覚めちゃって」

「そうですか」

「林家パー子というよりもう、林家ぺーみたいですよ」

「あ、ダメよ。モモカ、ダメ!」俺の冗談は無視し、地面であぐらをかきはじめた子を母親がたしなめた。うちの娘も座りたそうだ。大人二人で近づく。

「もう、毎日泥まみれで」

「うちもです」古畑任三郎みたいな早い相槌だな、と我ながら思う。

「靴下もすぐ黒くなりますよね」

「ほんと、そうです」

「うちはでも、あれです、洗濯板を使ってますよ」

「へえ」

「けっこう簡単ですよ」俺は偉そうに、洗濯板の効用について講釈を垂れる。学生時代になんとなく持っていて、さほど使うこともなくただ捨てずに長年持っていただけの小型の洗濯板が、娘の育児で不意に復活した。捨てずにいた自分の「手柄」を思えるのが嬉しく、饒舌になってしまった。洗濯機に入れる前に、靴下を手に履いてゴシゴシやるだけです。ミヨシ石鹸で。母親は丁寧に相槌をうってくれている。

スマートウォッチにメッセージが表示される。「卵ないからラーメンに入れるなら買ってきてー」とある。スマートウォッチの輝きと振動が、先方の母親にも辞去を促したらしい。

子らは仲良く走り回っていたが、名残惜しくなるほどでもないみたいだ。互いの自転車の後部座席にそれぞれおとなしく収まった。

「じゃあねー」

「バイバーイまたねー」公園で少しだけ交流を持った子と別れるのは何度目だろう。再び巡り合う可能性はありやなしや。自転車を漕ぎ、仕事場に立ち寄って郵便だけチェックし、取って返す。帰りの、建築途中の家の前で娘は手にしていた玩具を落としてしまう。自転車を停め、降りて拾って手渡すと、ヘルメットをかぶった娘は建物を見上げて
「ここはなんで、とうめいなの」と尋ねた。透明。壁がないってことか。

「ここは、まだ家になってないの。これからなるの」俺は回答しながらはっとした。

「いつなるの」

「いつだろうねえ」自転車を漕ぐ。

三月の、まだ桜の咲く前。仕事場に向かうとき、俺はここで材木の匂いをかぎ取った。人の手で資材が運び込まれ、電ノコの音も響いていたと思う。

もうすぐ建つのだな。棟上げしたら餅を撒いたりするかな、今は餅撒きなんかする家はなさそうだけど、万一するなら絶対に娘を連れてこなければ。などと呑気に考えていた。

緊急事態宣言以後、工事は停止したままなのだ。新築の家にかすかに残る、あの材木の香りはとっくに消え失せている。

娘の保育園を筆頭に、いろんなことが「静止」した。ドラム教室や映画館が休む。そのことは感知できる。公園のブランコや滑り台のように変化をみせた事物も感知できる。だがそれ以上にこの世界の景色がさまざまに動かなくなっていることを、我々は感知しきれていない。確実に成長する娘の静止しなさと、気付かない多くの静止を思い、一瞬だが本当にめまいを感じる。

家に戻り、ラーメンを食べてまた同じ道を通り、仕事場に着いた。メールのチェックをして、ネットをみて、しばらくぼんやりと過ごす。

書きかけの小説のデータを開く。

十九年前、新人賞をとった文芸誌に「受賞のことば」を書かされた。俺はふるった言葉を寄せた。


書き続けます。明日が奈落だとしても。

受賞はしたが、結婚生活がうまくいっていなかったのだった。つまり、奈落とはそのときの今だ。若い自分にとって、小説を書くことが人生を好転させるただ一種類の手段に思えたのだろう。そんな殊勝な気持ちは今やもうない。離婚して、それから二十年近く、バカ売れすることはなく、出す小説ほぼすべて部数は横ばいだった。なぜか「もう一冊、うちで出したい」と声はかかりつづけた。

なにかが静止した、今はなんだろう。今は、この現状は奈落か。

もっと分かりやすい奈落なら、歯をくいしばって書き続けたんじゃないか。

現実のディストピアは、ズタボロの服で、手足のやせ細り頰のこけた人民が呻《うめ》きながら炊き出しに列を作る感じではなかった。ここは奈落のような奈落ではない。時々めまいがするけど、寂しいけど、だいたいにおいて呑気でもある、こういう今だとして、俺はどうする？

考えながら自転車を漕ぐ。家の近くまでくるとドラム教室の前に人がみえて、近付くと先生だった。教室から出てきたところか、入ろうとするところか。

自転車を降り、思わず声をかけた。

「ああ、ナガシマさん」

「こんばんは」学生時代、外で先生にあったときと同じ焦りを一瞬だが感じる。最後の授業のときの基礎練習を、自宅でまるで復習していない。

「ドラム教室、たたむことになりました」先生の口からは意外な言葉が出た。

「月謝は後日返金します」今日はもう、片付けにきたのだと続ける。

「コロナでですか」先生ははい、と穏やかに頷いた。

「それは、すごく残念です。来年の発表会だって、まだ」

「僕も残念ですよー」先生は明るく語尾を伸ばしたが、たぶん先生が思っている以上に俺は残念で、かなり動揺していた。

「だって、えーと、まだ、まだ、自分から希望の曲を告げて練習したこともないのに」

「そうですよね。これまでナガシマさんなにとなに、やったんでしたっけ。ミスチルと、ゆずと」

「……コブクロと」

「ああ、コブクロね」俺の「すまん！」を思い出したか、先生は笑った。

「それにロッド・スチュワート。あれってどういうアレで選んでたんですか？」

「全部、生徒さんです」

「？」

「つまり、ナガシマさんより前に習っていた生徒さんが『やりたい』って希望した曲を、僕がその人の叩ける程度に採譜した、そのストックですよ」

「そうだったんだ」

「いや、いったん埼玉に引っ込みますが、ドラムを教えるのは、またいずれ出来たらと考えてます」俺の勢いに気圧されたか、そんなことを先生はいう。

「そうですよ、月謝はとっておいてください。また、やってくださいよ！」明日が奈落だとしても。浮かんだフレーズはさすがに飲み込んだ。連絡先を強引に聞いて別れた。

夜、俺は楽譜を取り出して卓に一つ一つ並べた。

これまで俺が叩いていたのは、かつて誰かが叩きたかった『轍』やミスチルだった。

誰かの「願い」を、そうとは知らないで受け継いでいたんだ。そう思って眺める楽譜は——あえて「このコロナ下の」とつけて言うが——俺をかなり安らかな気持ちにさせた。

　俺は足踏みをし、交互に腕を下ろしてみた。一秒間に右。一秒で左を繰り返す。次は一秒で右左。それから右左右。右左右左……。

　手付きが違うなあと思う。これじゃ妻のいつかいってた、プティのたまごだ。直訳したらただの「小さな卵」なんだろう。

　寝かしつけをすませ、妻が降りてきた。

「寝ましたか」

「寝ました、では」

「みますか」

「みますとしますかな」

　暗視カメラのモニターを卓の真ん中に置き、二人並んでネットフリックスのドラマ『愛の不時着』の続きをみた。数日前から見始めた。評判の通り面白く、目が離せない。一話が長く、見終えるころには毎夜クタクタになっている。

16・五月十八日　私

日曜日に用事でみられなかった『ヒーリングっど♥プリキュア』の録画を娘とみる。今日も再放送。痛ましいと感じるが、娘はただみている。

そして『キラメイジャー』の方も、ついに撮影のストックがなくなったようだ。名場面を振り返る特番が始まった。嘆息が漏れる。

だが、悲観的な予想と裏腹に、名場面集は面白かった。主人公たちに仕えるロボたちが回想しあう形式で、ロボの声優陣がおおいに仕事をしている。主人公たちがキラメイジャーになるまでを分かりやすくまとめ、しばしば「未公開シーン」と右上に表示もされて、徹底的にサービスしているのが伝わってきた。

面白かったし、私は勇気づけられていた。アニメと違ってやりようがある。

食パンに昨日の残りの細切り人参のサラダを載せ、ハムをかぶせてさらにチーズを散らし、トースターに入れた。

「いただきます」二人並んで食べながら、私は考えた。

やりようがある世界と、ない世界がある。同じ朝に並んでいる、表現二つ。やりようがないのは、落ち度があってのことではない、ただの不運だ。一方で、全部にやりようがないわけではないと知ることは、これは無駄ではない。希望を感じる。

「おしっこ」不意の訴えに思考がさえぎられる。

「はいはいはい、いこ、いこ」夫はまだ寝ているから、一人でトイレに促す。一日を交代で仕事するだけでなく、いつしか朝寝の愉楽も交代でシェアするようになっていた。

先回りしてドアを開け、オレンジ色の補助便座を取り付け、うやうやしく待ち構える。

座って用を足すときの娘の顔がかわいいので存分に眺め、トイレットペーパーをちぎって渡してやる。

「それでふきふきして……そうしたら、下りてー、流してー、そっちじゃなくて、そうそう」また先に出て、オムツを穿かせようとしていたら手を出してくる。

「あ、そうか」居間から十円玉を取ってきて渡す段取りが抜けていた。夫発案のコインカレンダーは、まずまずの効果があったわけだ。

夫は、家のことや子育てを自発的に「よく」しようとすることについて、プレッシャーを感じているように見受けられる。私が玄関の壁に娘用の靴置き場を作ったり、三段の棚に紙箱でタオル入れを設けたりすると、しまった、気付かなかった、また、相手にやらせてしまったという、失態に動揺した顔をみせるのだ。

私も結婚してしばらく、彼の家事をおおげさに褒めたり感謝してみせてはいたが、そういった意欲の有無について、彼がプレッシャーに感じるほどの要求がさしてあるわけではないのだ。要求がさしてないのは、よくしてほしくないという意味でもない。意欲があるのは嬉しいし、ゼロだと困る。ただ、ゼロでないなら別にいい。

そして私は、そういうことすべて、口にしなくていいとも思っている。動揺したりプレッシャーに感じるままに、あえてさせておこう、と。その方針は厳密でなく、なんとなくそうしているというだけのことだ。

今はそうするというだけの、その今の連続だ、結婚や子育てとは。私は夫の持ち込んだコインカレンダーの脇に、娘がトイレに腰掛けているイラストを描いて飾った。

「いち、にい、さん、しい、ご、ろく、しち、はち、きゅう、じゅう！」

「うん、あってるけど、違うんだ」子が指を指す場所には10が記されているが、カレンダーに入ったコインは九枚だ。このコインカレンダーは百円玉用だ。十円も入るけど、百円より大きいから、だんだん日付とずれてくる。

日付に従うなら一回百円にすべきだが、そうするとごほうびとして金額が大きすぎる。まだ娘は貨幣の価値や、コインごとの額面の違いも把握していない。いつかこのコインカレンダーも役割を変えていくだろう。本来の貯金箱になるかも。

私は、コロナが明けたら新しく家を買おうと考えている。ハワイに行かなかったことで、ハワイで豪遊したはずの貯蓄が残っている、あれを頭金の一部に充ててもいい。夫は尻込みするかもしれないが、説得は焦らない。

スマートフォンをみると、ネット予約した皮膚科の順番がそろそろだ。

「いくよ、病院」娘は病院が嫌いでないどころかなぜか大好きで、いそいそと短い靴下をはき始める。

「今日はお菓子は買わないからね……逆、そっちじゃない、そう、そっち」見下ろして、靴の左右間違いを指摘し、手を貸してやり、外に出るとちょうど向かいの細川さんの旦那さんと犬に出くわした。ずいぶん久しぶりだ。

「あ、どうも」マスクをしていたが、目はいつも通り柔和だ。

「コロネちゃん、コロネちゃーん」娘が駆け寄った。

駅に向かう旦那さんを見送るために立ち止まる。皮膚科は同じ方向で、なんとなくずっと話すのも間が持たない。

病院の待合室に入ると、私はすぐに本棚へと近づいた。娘はディズニーの堅い紙でできた本を手に取った。私は私で、予て読みたかった本がそこにあった。

最下段に収まった『きかんしゃトーマス大図鑑』。テープで補強され、皮膚科にくる大勢の子供たちに何度もめくられた形跡のある分厚い図鑑の、そのくたびれたページに敬意を抱きながら丁寧にめくった。娘が砂場でつかっていて、何度も名前を訊いてくる謎の赤いディーゼル機関車、ネットで調べても判然としないあいつの名前を、今日こそ調べてやる！

診察を受け、帰宅すると夫は起きてヨーグルトを食べていた。

「今日は飲み薬も出たよ」私はお茶を淹れ、横に腰を下ろした。

「おつかれさま」

なんとも眠そうだ。

「まだ寝ててもよかったんじゃないの。昨日遅かったでしょう」

「でも今日はほら、午後から善財さんのZoom呑みじゃん」

「そうだった」毎日似たことの繰り返しになっていた中、今日はいろいろめまぐるしいな。

四月に行われるはずだった花見の代わりだ。夫は卵を自分で焼いてソーセージも添えて食べ始めた。私は二度目の洗濯機を回す。夫は新聞をめくり、これもしかして、と呼び掛けてくる。

「これ、あれじゃない、『鉄の棒の男』じゃない?」

私たちの暮らす市街で変質者が逮捕された記事だ。男はバットを振り回して歩いていたところ、市民に取り押さえられた。

「でも、棒じゃないか。バットと棒は違うな」夫は急に厳密になった。

「でも、この人かも!」私は記事を写真に撮って、ママ友のメッセージグループに送る。意気揚々という気持ちで。

[えー、新聞とってるんですね、かっこいい]

[そこですか!]そういえば、専売所は危機を脱したんだろうか。チラシは少ないが、少なくともまだこうして届いている。

［新聞、面白いですよ］なんとなく啓蒙のつもりで、私は返信した。六月一日から保育園がやっと再開するらしいという情報で、すでにグループは盛り上がっているところだ。

17・同日　俺

ベランダで、まとわりつく娘をあしらいながら二度目の洗濯物を干す。娘は――かつて子供時代の俺もそうだったように――洗濯ばさみが好きだ。箱の中のそれを取り出してはつなげ、散らばせたりしている。

「それ、とってー」というと「こっち？（それとも）こっち？」と二種類差し出してくれる。

「大きい方、三個……そうそう、どうも、ありがとう」大げさなくらいの抑揚でいうのは、本当に助かるから。変な姿勢からかがむとぎっくり腰になりうるから、代わりに拾ってくれるのがありがたいのだ。

「消えそうに～、みえそうな～」鼻歌を歌いながら戻る。

「『咲きそうな』ね」いつの間にか妻が部屋にいた。

「なんの話？」

「コブクロの歌詞。消えそうに咲きそうな『蕾』だっつうの」

「ああそうか」

「消えそでみえそで、だったらウッフンのお色気ソングだよ」ねえ。妻は娘を見下ろして、嬉しそうだ。

午後、二人で缶ビールを手にネット会議につなぐ。四角い画面に小分けされ、友人たちが次々と表示される。おお。元気ー？　どうもどうも。我々は二台のパソコンでなく、テーブルに置いたパソコン一台で、二人並んで参加することにした。

Zoom会議は不思議議なもので、なぜか複数の人が同時に喋り出してかち合ってしまうことが多い。幾度かの打ち合わせで、俺はもうそのことを知っていた。

今日は話巧者の、持ちネタ豊富な友人が何人もいる。さらに友人の友人で、テレビで活躍するお笑い芸人さんも参加していて、これは黙って耳を傾けている方がいい、二人でそう判断をして「ミュート」にした。娘はタブレットをみてくれているが、こちらにもしばしばやってくるだろう。どちらかが二階に連れて行って、会議中（これも）交代でみようということになっている。

お笑い芸人の人が数日前のテレビの裏話を教えてくれる。へえ、ふうん。皆で聞き入る。俺はふと思いついて、画面設定を切り替えてみた。皆の姿が均等に格子状に映る状態ではなく、主に発言している人がアップで映るモードへと。

ずっと会っていない皆の顔を、もっとちゃんとみたかったのだ。

するとしばらくして、皆ではなく自分たち二人がバストアップで映った。そうなる気がしていなかったから驚いた。全参加者ではなく「抜粋」で表示する設定には、自分たちも含まれていたのだ。

「あ」俺たちが映ってるよと指をさす。

画面の中の俺が後れて手をあげ、面白そうな顔で指をさした。

Zoomの画面をみていた二人とも、弛緩して、ぼんやりした、邪気のない、市井の人の顔をしていた。

典型的な、と俺は自分たちを思った。育児の本の幼児に対する記載は三歳までだったが、もしも、もっと分厚く書き綴られていたら「四十七歳」のページにはこう書かれているだろう。「弛緩した顔で、テレビやインターネットをみます」と。

「俺らさ、テレビとかみてるときも、あんなぼやっとした顔してんのな」

「『愛の不時着』をみているときとかね」

二人笑った。まるごと小説に書こうと思った。

引用文献

『はじめてママ＆パパの育児』監修・五十嵐隆（主婦の友社）

初出
「願いのコリブリ」　群像二〇二一年二月号
「願いのロレックス」　文學界二〇二一年二月号
「ルーティーンズ」　群像二〇二一年八月号

長嶋 有（ながしま・ゆう）

1972年生まれ。2001年「サイドカーに犬」で第92回文學界新人賞、翌年「猛スピードで母は」で第126回芥川賞、'07年の『夕子ちゃんの近道』で第1回大江健三郎賞を受賞し、'08年には『ジャージの二人』が映画化された。'16年『三の隣は五号室』で第52回谷崎潤一郎賞受賞。その他の主な小説に『ぼくは落ち着きがない』『ねたあとに』『佐渡の三人』『問いのない答え』『愛のようだ』『もう生まれたくない』『私に付け足されるもの』『今も未来も変わらない』、コミック作品に『フキンシンちゃん』、主なエッセイ集に『いろんな気持ちが本当の気持ち』『電化文学列伝』『安全な妄想』、句集に『新装版 春のお辞儀』がある。

ルーティーンズ

二〇二一年一一月八日　第一刷発行

著者――長嶋《ながしま》有《ゆう》

発行者――鈴木章一

発行所――株式会社講談社

東京都文京区音羽二―一二―二一

郵便番号　一一二―八〇〇一

電話　出版　〇三―五三九五―三五〇四

販売　〇三―五三九五―五八一七

業務　〇三―五三九五―三六一五

印刷所――凸版印刷株式会社

製本所――株式会社若林製本工場

ISBN978-4-06-526031-9

JASRAC 出 2108468-101